사
람
들
아

외
로
운

이

강명관 잡문집

이 외로운 사람들아

천년의상상

대한민국 사회는 물질적으로 풍요한 사회가 되었다. 하지만 현실은 어떤가?

세상은 쉽게 바뀌지 않는다. 하지만 바뀌지 않는 것은 결코 아니다.

차
례

머리말

세 번째 잡문집을 낸다. 공부하는 틈틈이 써낸 것이다. 이 잡문들은 내가 작정하고 쓰는 논문이나 책과 다를 것이 없다. 논문은 논문의 형식으로, 책은 책의 형식으로 하고 싶은 이야기를 하는 것이고, 잡문은 잡문의 형식을 빌려 하고 싶은 이야기를 하는 것일 뿐이다. 그러니 본질적으로 다를 것은 없다. 아니, 다르다고 한다면 그야말로 분열증이 아니겠는가?

여기에 실린 글은 모두 옛글을 제재로 삼아 쓴 것들이다. 다른 이유는 없다. 조선시대 문학 전공자이기에 나날이 보는 것이 조선시대 문헌이다. 언젠가 말했듯 내가 서양사 전공자라면 서양사에서 제재를 얻었을 것이고, 프랑스 문학 전공자라면 프랑스 문학에서 글감을 얻었을 것이다.

과거의 문화와 전통을 숭배하는 사람들이 있다. 이름을 들면 누구나 아는 문인을 들먹이면서 마치 그가 전무후무한 최고의 지성인 것처럼 높이 평가한다. 과거의 윤리와 의례儀禮를 쓰인 그대로 진리라고 여기는 사람과 다르지 않다. 이들은 과거를 '숭배'하는 사람이다. 한편에는 과거의 문화와 전통에 대해 아무 관심도 보이지 않거나 대수롭지 않게 여기는 사람도 있다. 그들의 눈은 대체로 미국이나 유럽 쪽으로만 쏠려 있다. 과거와 전통을 무시하는 것이다. 우리는 숭배와 무시 모두 오류라는 것을 안다. 나 자신 스스로 숭배와 무시를 벗어던지려 하지만, 그게 얼마나 실현되고 있는지는 의문이다.

사람은 모두 평등한 존재다. 아니 평등해야만 하는 존재다. 건강한 사람도 사고로 몸에 장애가 올 수 있다. 또 자신의 의지와 상관없이 그런 자녀를 가질 수도 있다. 장애 있는 분들이 차별의 대상이 되어서는 안 되는 것처럼 모든 인간은 차별의 대상이 될 수 없다. 불평등의 대상이 될 수 없는 것이다. 대한민국 사회는 물질적으로 풍요한 사회가 되었다. 하지만 현실은 어떤가?

세상은 쉽게 바뀌지 않는다. 하지만 바뀌지 않는 것은 결코 아니다. 내가 서 있는 이 지점부터 철저하게 따져보고 궁리해보는 것이 변화의 시작점이 아닐까? 작은 잡문집을 내면서 말이 길어 무척이나 송구스럽다.

2015년 8월
책주산실에서 강명관

하나

그 섬에
가고 싶다

이른바 실학자들이 꿈꾼 것은 이상 국가다. 그 최초의 형태를 반계 유형원柳馨遠의 《반계수록磻溪隨錄》에서 찾아볼 수 있다. 《반계수록》은 아름다울 정도로 완벽하고 정교한 국가 제도를 제시하고 있다. 국가가 공유하는 토지를 모든 국민에게 분배하고 그 토지에 기초하여 수확량의 일정 부분을 세금으로 거두고, 여러 단계의 학교를 개설하여 민民을 가르친 뒤 학교의 추천을 통해 관료를 선발한다. 학생에게는 토지를 지급하고 교육비는 모두 국가가 담당한다. 열거하자면 한이 없겠으나, 《반계수록》의 여러 개혁안이 실행된다면 그것은 아마도 이상국에 가까울 것이다.

　다만 그 개혁안과 제도를 실현하려면 엄청나게 강력한 국가권력이 필요했다. 이런 까닭에 이 책의 개혁 프로그램은 실천될 수 없었다. 하지만 경화세족京華世族 중 개혁적 성향의 지식인들에게 《반계수록》은 깊은 영향력을 행사하는데, 그 영향의 끝자락에 담헌 홍대용洪大容이 있다.

　홍대용은 〈임하경륜林下經綸〉이란 짧은(그리고 상당히 무체계적이고 부실한!) 글에서 《반계수록》처럼 국가 제도의 재정비를 주장한다. 한데 흥미로운 사실은 그 국가가 백성을 엄혹嚴酷하게 통제하는 강력한 국가라는 것이다. 이런 점에서 〈임하경륜〉은 《반계수록》이 결여하고 있는 부분을 갖고 있다. 담헌에 의하면, 사람은 태어나서 8세가 되면 호패 대신 이름을 팔뚝에 문신으로 새겨야 한다. 백성이 신분을 숨기는 것을 막기 위해서다. 백성은 또 자신이 태어난 향리를 결코 떠날 수 없다. 죽어도 향리에 묻혀야 한다. 이사도 허락되지 않는다. 부득이 이사해야 한다면 관官의 허락을 받아 즉시 이사하는 곳의 호적에 이름을 올리고 전지田地를 받아야 한다. 마음대로 이사했다가 발각될 경우, 형벌을 가하고 다시 향리로 돌려보낸다. 여행도 자유롭지 않다. 여행할 경우, 관청에 보고하고 어디서 어디까지 여행을 허가한다는 증명서를 얻어야 한다. 도로에는 감시소를 설치해 여행 허가증 없이 여행하는 자를 가려낸다. 도둑 역시 죄가 가벼울 경우 왼쪽 뺨에, 재범일 경우 오른쪽 뺨에 이름을 먹물로 새기고, 삼범일 경우 즉각 죽어버린다. 담헌은 강력한 국가권력으로 인간을 철저히 통제하기를 바랐던 것이다.

다산 정약용丁若鏞의 '여전론閭田論'은 이와 대척적인 지점에 있다. 마을을 의미하는 '여閭'에서 사람들은 토지를 공유하면서 각자의 노동량에 따라 수확물을 분배받는다. 토지가 넓고 인구가 적은 '여'는 사람이 몰리고, 그 반대의 경우 사람이 떠나므로 '여'의 인구는 늘 저절로 적정 수준을 이룬다. 또 '여'는 자율적으로 노동하고 자율적으로 분배하는 사회이기에 관료가 파견될 필요가 없다. 곧 '여'는 원천적으로 국가권력이 개입할 소지가 적은 것이다. 하지만 '여'의 생산물에서 국가에 바칠 세금을 거두는 것을 전제하고 있기 때문에 '여전론'에도 당연히 국가는 존재한다. 곧 '여'들의 집합 위에 국가가 있는 것이다. 그 국가의 구체적 형태에 대해 다산은 말하지 않았다.

연암 박지원朴趾源은 〈허생전〉에서 '여전론'의 '여'보다 더 완벽한 공동체를 상상한다. 허생은 변산반도의 도둑을 모두 데리고 사문沙門 (어딘지 미상)과 장기長崎(일본 나가사키) 근처의 무인도에 내려놓는다. 땅이 사방 천 리가 되지 않는 작은 섬이었다. 허생은 도둑들을 내려놓은 뒤 돈을 바다에 던져버리고, 자신이 타고 나갈 배만 남긴 다음 모든 배를 태워버린다. 섬을 떠날 때 허생은 "이 섬에서 화근을 끊어버린다"고 하면서 글을 아는 자, 곧 지식인을 데리고 나온다. 연암은 화폐와 지식의 권력적 속성을 간파한 것으로 보인다. 해당 대목을 직접 읽어보자.

허생은 이에 남녀 2천 명을 모두 부르고 그들에게 당부했다.

"나는 처음에는 너희들과 이 섬에 들어와 먼저 너희들을 부유하게 만들어주고, 그런 뒤에는 따로 문자를 창제하고 의관衣冠을 만들어보려 했다. 하지만 땅이 좁고 덕이 박하니 나는 이제 떠날 것이다. 아이가 태어나거든 오른손을 쓰라 가르치고, 하루라도 먼저 태어난 사람에게는 먼저 먹으라 양보하게 하거라."

말을 마치고 허생은 남은 배를 모두 불태웠다.

"가는 사람이 아무도 없으면 오는 사람도 아무도 없겠지."

남은 돈 50만 냥을 바다에 던져 넣었다.

"바닷물이 마르면 얻는 사람이 있겠지. 100만 냥도 나라 안에 쓰일 수가 없거늘, 하물며 이 작은 섬이야 말해 무엇하리."

허생은 글을 아는 사람을 찾아 배에 태워 같이 나오며 말했다.

"이 섬에서 화근을 끊어버려야지."

보다시피 〈허생전〉의 '섬'은 치자治者와 피치자被治者가 없는 곳이다. 그곳은 국가 아닌 국가, 어떻게 보면 '사회'만이 존재하는 곳이다. 그것도 오직 농업만이 생업인 사회다.

이따금 별스러운 생각에 잠긴다. 주민 대부분을 어지간하면 다 아는 작은 공동체, 권력이 주민에 의해 통제될 수 있는 작은 국가(아니 사회!)를 상상해본다. 고대 그리스 폴리스에서 한번 이루어졌던가? 하지만 폴리스에도 자유민과 노비, 그리고 전쟁이 있었다. 그에 비하면 〈허생전〉의 섬에는 신분에 따른 차별과 전쟁이 없다.

❀

극소수 지배층이 국가권력을 틀어쥐고 사회의 이익을 독점하면서 온갖 모순을 일으키고, 다시 교언巧言으로 그것을 호도하는 모습을 보면서, 나는 〈허생전〉의 섬을 꿈꾼다. 새로운 국가 혹은 사회에 대한 상상력 없이는 이 암울한 세상을 건너갈 수 없을 것이다. 반계와 담헌의 국가도, 다산의 '여'도 아닌 그 '섬'에 가고 싶다!

이
외로운
사람들아

《다산집》에 〈의엄금호남제읍전부수조지속차자擬嚴禁湖南諸邑佃夫輪
租之俗箚子〉란 긴 제목의 상소문이 있다. 맨 앞에 '의擬' 자가 붙어 있
는 것을 보면, 원래 임금에게 올리려 했던 것이다.

상소문의 내용은 제목에 이미 다 나와 있다. 호남 지방의 여러 고
을에서는 전부佃夫, 곧 소작농이 토지세를 내고 종자도 직접 마련하
는데, 이것을 금하게 해달라는 것이다. 사연인즉 이렇다. 자기 땅이
없는 농부는 남의 땅을 빌려서 경작할 수밖에 없다. 그런데 보통 땅
을 빌리면 병작반수제竝作牛收制로 수확물을 나눈다. 땅주인에게 수확

물의 50%를 주는 것이다. 남은 50%가 소작인의 몫이다.

이것만 해도 소작인의 생활이 참담하게 될 것은 당연지사인데, 이 50% 안에서 소작인이 더 부담해야 할 것이 있으니, 정말 딱한 상황이 아닐 수가 없다. 땅주인은 원래 수확물의 10%를 나라에 세금으로 바쳐야 한다. 경기도의 경우 이 세금을 주인이 부담하지만, 호남의 경우는 소작인이 부담한다. 소작인의 부담률은 60%로 높아진다. 이것으로 끝나는 것도 아니다. 이듬해 파종할 종자를 남겨두어야 하는데, 이것 역시 호남에서는 소작인의 몫이다. 만약 5%를 종자로 남겨둔다면, 소작인이 먹을 수 있는 양은 35%에 불과한 것이다.

다산은 호남 지방은 1백 호戶 중에서 자기 땅을 남에게 빌려주고 먹고사는 지주가 5호, 자기 땅을 자기가 경작하는 자작농이 25호, 그리고 남에게 땅을 빌려 경작하는 소작농이 70호에 이른다고 한다. 즉 다산의 시대 호남 농민의 70%가 소작농이었고, 이들은 경작물의 35%만을 자기 소유로 할 수 있었던 셈이다. 게다가 춘궁기에 관청에서 빌려 먹은 환곡을 갚아야 한다. 그리고 나서도 남을 것이 있을까? 다산은 이렇게 말한다.

아아, 소작인의 1년 농사는 6, 7말에 불과합니다. 땅주인에게 바칠 것을 실어내고 환곡을 갚으면 그해가 다 가기도 전에 벌써 굶주림에 오랫동안 떨게 됩니다. 어떻게 임금에게 바칠 세금을 마련해 내겠습니까? 면포를 짜서 마련할 뿐인데, 그나마 병이 들거나 죽거나 하면

납기일에 맞추어 낼 수가 없어, 솥단지를 팔고 송아지를 팔게 되니, 그 상황이 처참하기 짝이 없습니다. 백성의 부모가 되어 어찌 이런 상황을 내버려두고 있을 수 있겠습니까? 《시경》에 이르기를, "부자들이야 괜찮겠지만, 이 외로운 사람들이 불쌍하구나"라고 했습니다. 남에게 땅을 빌려주어 소작료를 받는 사람은 대체로 부자들입니다. 강한 자를 누르고 약한 사람을 도와주는 것이 인정仁政입니다. 전하께서는 어떤 생각으로 이런 정치를 하지 않으시는지요?

다산은 왕(아마도 정조일 것이다)에게 5%의 힘센 부자를 억누르고 나머지 95%의 가난한 사람을 돕는 어진 정치를 베풀라고 권고하고 있다. 참으로 정의로운 정치다.

다산이 인용하고 있는 "부자들이야 괜찮겠지만, 이 외로운 사람들이 불쌍하구나"라는 구절은 《시경詩經》 소아小雅의 〈정월正月〉에 실려 있는 것이다. 이 구절은 《맹자孟子》에도 거듭 인용되어 있다. 제齊나라 선왕宣王은 어느 날 맹자에게 왕도 정치가 무엇인지에 대해 물었다. 맹자의 답인즉 이러했다.

늙어서 아내가 없는 사람을 홀아비라 하고, 늙어서 남편이 없는 사람을 과부라 하고, 늙어서 자식이 없는 사람을 홀로 된 고독한 사람이라 하고, 어려서 부모가 없는 사람을 고아라고 합니다. 이 네 부류의 사람은 천하에서 가장 곤궁한 백성으로서 하소연할 데가 없는 사람입

니다. 문왕이 정치를 시작하고 인仁을 베푸시되, 반드시 이 네 부류의 사람부터 먼저 보살피셨습니다. 그래서 《시경》에도 이렇게 말했습니다. "부자들이야 괜찮겠지만, 이 외로운 사람들이 불쌍하구나."

《맹자》〈양혜왕하梁惠王下〉

맹자는 왕정王政, 곧 인정에 대해 묻는 제나라 선왕에게 정치가 맨 먼저 고려해야 할 대상은 늙어서 아내가 없는 홀아비, 늙어서 남편이 없는 과부, 늙어 의탁할 자식이 없는 노인, 어려서 부모를 잃은 고아 등 천하의 하소연할 곳 없는 가장 외로운 사람들인 바, 주周나라 문왕文王은 바로 이 네 부류를 가장 우선적으로 돌보아야 할 사람으로 여겼다고 답했다. 맹자는 이렇게 말하면서 《시경》의 해당 부분을 증거로 인용했던 것이다.

나는 맹자의 이 부분이 유가儒家 사상의 가장 빛나는 부분이라 생각한다. 성인의 예법 운운하면서 번문욕례繁文縟禮를 지껄이고, 왈리왈기曰理曰氣 따위의 애매한 언사를 늘어놓는 것은 유가가 아니다. 유가는 곧 정치고, 그 정치가 우선 배려해야 하는 대상은 사회적 약자다. 늙어서 아내가 없는 삶, 늙어서 남편이 없는 삶, 늙어서 자식 하나 없는 삶, 어려서 부모가 없는 삶을 상상해보라.

사실 그렇다. 맹자와 다산, 그리고 《시경》을 인용하지 않더라도,

제대로 된 정치가 먼저 돌보아야 할 대상은 명확하다. 한데 지금 우리나라 정치는 과연 저 2천 년 전 유가의 정치의식을 넘어서고 있는지 의문이다. 용산 철거민에 대한 냉혹하기 짝이 없는 재판 결과를 보고 문득 호남 농민을 걱정하던 다산이 떠올랐다. 정말 울울하구나.

불을 질러서라도
하고 싶은 말을 하다

정조 8년(1784) 9월 5일 우부승지 김재찬金載瓚은 정조에게 병조에서 올라온 것이라면서 방화 미수 사건 하나를 보고한다. 내용은 대개 이러하다. 그날 저녁 남산의 봉화꾼들은 잠두봉蠶頭峰(지금 한강가의 절두산 천주교 성지가 있는 곳) 근처에 흰옷에 삿갓을 쓴 한 사내가 서성이는 것을 발견한다. 전에 보지 못하던 사람인 데다 옷차림이 어딘가 수상하다. 신원을 확인하기 위해 호패를 내놓으라 했지만, 사내에게는 그 물건이 없었다. 몸을 뒤지자 열 줄 정도 글씨를 끼적여놓은 작은 종이쪽과 짚단 둘, 그리고 유황 약간을 가지고 있었다. 봉화꾼들은 불을 지르려는 계획임을 알아차리고 사내를 으르고 족쳤다. 사내는 속에 담아두었던 생각을 순순히 털어놓았다.

　사내의 이름은 공천孔賤이었다. 공천은 자신이 원래 함경도 영흥永興 사람이고, 열세 살 때 중이 되었으며, 작년부터 동래 국청사國淸寺에서 지내고 있다 하였다. 그가 상경한 이유는 민폐와 승폐僧弊에 대해 조정에 알리기 위해서였다. 하지만 중은 도성에 들어올 수 없다는 엄한 국법이 있었다. 공천은 4월부터 남대문 밖 훈조막燻造幕 부근의 상놈 서검동徐儉同의 집에서 넉 달을 머무르며 머리털이 자라기를 기다렸다. 겨우 상투를 틀 정도로 머리가 자라자 성안으로 들어와 배오개의 여객旅客에서 머무르며 '폐막弊瘼 11조'를 썼다. 그게 앞의 종이쪽이었다. 봉화꾼에게 잡힌 그날 불을 질러 주의를 끈 다음 그 종이쪽의 내용을 조정에 알리려 할 참이었다.

　공천은 불을 지르지는 못했지만 체포되어 자신이 말하고 싶었던 바, 곧 폐막 11조를 전할 수 있게 되었다. 폐막 11조란 다음과 같았다.

　　1. 각 고을 환곡의 질이 극히 열악한 것
　　2. 한정閑丁이 모두 포대기에 싸인 아이로 충원되는 것
　　3. 금정산성의 성가퀴를 보수하는 일
　　4. 각 고을 시장에서 음주를 금하는 일
　　5. 각 곳의 여점旅店에서 빚을 놓고 이자를 지나치게 많이 받는 일
　　6. 각 고을 관청에서 재소를 지나치게 많이 받는 일

7. 각처의 놀고먹는 백성들이 투전에 빠지는 일

8. 봉산封山과 송전松田 근처에 묘를 쓰는 행위를 금할 것

9. 선현先賢의 후손으로서 유리걸식遊離乞食하는 자들을 고향으로
   돌려보낼 것

10. 의승義僧의 번전番錢 폐단

11. 부잣집에서 빚을 놓고 이자를 받는 행위를 엄히 금할 것

공천의 말을 왕과 관료들이 들어주었을 리 만무다. 그는 도리어 처
벌을 받았다. 김재찬은 공천이 불을 지른 것과 약간 차이가 있긴 하
지만, 봉화대 근처에 숨어 있다 불을 지르려는 계획은 너무나도 못된
짓거리라면서 정조에게 엄하게 처벌할 것을 청했고, 정조는 엄혹한
형을 가한 뒤 귀양을 보내라 명했다.

공천의 사건이 있고 보름 뒤인 9월 21일에도 잠두봉 근처에 불을
지른 사람이 등장했다. 강화부 소속의 선한船漢으로 돌을 나르는 배
를 모는 고원제高元濟가 저지른 일이었다. 그가 부리던 배가 너무 낡
아 부서지자 강화부에서는 충청도에 공문을 보내어 배를 새로 만들
어주게 하였다. 그런데 새 배가 도착하자 강화부의 아전들은 그 배
를 빼앗고 다른 배를 내주었다. 불만이 있었지만 일을 하지 않을 수
없어 강화부의 부역에 응한 뒤 강령현康翎縣으로 갔다. 아마도 그는
그곳에서 자신의 개인적인 일을 했던 것으로 보인다. 하지만 강화부
에서는 고원제가 돌아오지 않는다는 이유로 그의 형을 강화부 옥에

가두었다. 고원제는 옥바라지를 하느라 가산을 날려버렸다. 오갈데, 호소할 데 없는 고원제는 불을 질러 주목을 끈 뒤 자신의 억울함을 호소하려 했던 것이다. 결과는 딴판이었다. 그는 곤장을 맞고 귀양을 갔다.

공천의 폐막 11조 중 환곡과 환자, 그리고 여점과 부자의 돈놀이는 거대한 사회문제였다. 고원제의 경우, 아전과 관의 백성 착취란 문제를 내포하고 있었다. 결코 자질구레한 것이 아니었다. 그럼에도 조정의 관료와 왕은 그들의 말을 귀담아듣지 않았다. 다른 이유가 있어서가 아니었다. 그런 말을 해서는 안 될 무지렁이 백성들이 꺼낸 말이었기 때문이다. 공천의 사건을 처리하면서 김재찬은 이렇게 말한다. "근래 법과 기강이 엄하지 않아 습속이 갈수록 악해져서 번번이 자질구레한 일을 가지고 불을 지르는 죄를 애써 범하는 자가 없는 해가 없다." 백성이 자신의 생각을 조정에 전하기 위해 방화라는 극단적 수단을 예사로 쓴다는 것이다.

지금 세상에는 공천과 고원제의 심정을 갖는 사람이 없었으면 한다. 백성이 불을 지르려 했던 심정을 대신하는 방송과 신문이 있기 때문이다. 그런데 그 방송과 신문이 과연 자기 역할을 하고 있는지? 글쎄!

최북의 기행

조선시대에는 사대부들이 유학 외의 모든 것을 시시하게 여기는 풍조가 있었다. 유학은 수기치인修己治人의 학문이기에 인격의 수양과 정치를 벗어난 다른 모든 것은 가치가 없거나 떨어지는 것으로 보았다. 예술도 그러하였다. 요즘 모든 예술가가 사회적 경제적으로 우대받는다고 말할 수야 없겠지만, 조선시대에 비하면 그 대우가 훨씬 나아진 것만은 사실이다. 사대부들은 예술을, 또 예술가를 낮추어 보았지만, 그들의 생활이 예술을 결여한 것은 아니었다. 음악과 서화는 사대부들의 생활에 없을 수 없는 것이었다. 다만 그들 스스로가 그것을 직업으로 삼는 경우는 없었다. 음악을 연주하고 글씨를 쓰고 그림을 그리는 것은 어디까지나 여기餘技였지 본업일 수 없었다. 그것을 전업으로 삼는 사람은 천한 악공이거나 환쟁이일 뿐이었다.

세상의 다른 모든 일과 마찬가지로 예술이 감상의 대상이 될 만한, 일가의 경지에 이른다는 것은 너무나도 어려운 일이다. 하여, 비록 천시를 받는 악공과 환쟁이라 할지라도 일가의 경지에 이르면 나름 세상의 이치를 깨치게 된다. 그 깨침이 없다면 예술가가 아니다. 하지만 깨친 눈으로 돌아보니, 세상은 그야말로 거대한 모순 덩어리고, 그 모순은 어떻게 해볼 도리가 없다. '신세모순身世矛盾'을 절감하면 할수록 그 결과는 기행奇行으로 나타난다.

18세기의 화가 최북崔北은 어느 날 금강산 유람을 갔다. 구룡연九龍淵, 곧 금강폭포에 올랐더니 경치가 황홀하다. 이런 절경에서 술을 마시지 않는다면 최북이 아니다. 있는 대로 들이붓고 눈물을 쏟으며 한참을 울더니 뚝 그치고 낄낄 웃기 시작했다. 가관이었다.

그러다 소리를 빽 질렀다.

"천하의 명인 최북은 마땅히 명산에서 죽어야 할 것이야."

이 말과 함께 최북은 냅다 구룡연으로 뛰어들었다.

최북이 죽었냐고? 아니, 그러면 기인奇人이 아니다. 구룡연은 구경꾼이 많은 곳이다. 사람들이 그를 잡아채어 물에 떨어지지는 않았다. 떠메고 산 아래 너럭바위에 뉘어놓으니, 숨을 헐떡이다 갑자기 휘파람을 휘익 불었다. 왜 그랬는지는 알 수 없다. 어쨌거나 자신을 명인이라고 여기는 자부심, 명인은 명산에서 죽어야 한다는 그 발상! 최북의 발상과 행동이야말로 기인의 그것이라 말하기에 충분하다.

최북은 그야말로 기행으로 일관했다. 세상을 오예시하기도 하였다. 서평군 이요李橈라면 영조 때 큰 부호이자 알아주는 종친이기도 하였다. 종친은 원래 벼슬을 하지 못하는 법이라, 이요는 예술 쪽으로 관심을 쏟아 자신은 거문고의 명인이었고, 또 수하에 많은 시정의 음악인을 거두기도 하였다. 최북 역시 이요의 집에 드나들었다. 어느 날 바둑을 두다가 이요가 자꾸 한 수만 물리자고 하자, 바둑판을 쓸어버리고는 "즐기려고 두는 바둑을 자꾸 물리면 1년이 가도 끝날 때가 없을 겁니다" 하고, 다시는 서평군과 바둑을 두지 않았다. 종친과 두던 바둑판을 쓸어버릴 정도였으니, 최북은 간도 어지간히 컸던 것이다.

이런 최북의 이면에는 세상에 대한 나름의 투철한 판단이 자리했다. 수군水軍 훈련을 한다면서 조정에서 삼남三南(경상도·충청도·전라도) 백성을 들쑤셔 소동케 하자, 왜군은 수전水戰에 능할 뿐이고 육전陸戰에는 능하지 않으니 왜군이 와도 응하지 않으면 그만인데, 왜 난리를 피우느냐고 되물었다. 최북의 판단이 과연 옳은지는 알 수 없지만, 무능한 조정의 정책에 대한 비판적 안목이 뚜렷이 있었던 것이다. 그것이 예술가로서의 기행을 일삼게 한 힘일 터이다.

기행을 일삼은 예술가답게 최북은 술을 너무나도 좋아했다. 술을 가지고 오는 사람이 있으면 책이며 종이를 다 퍼주고 술과 바꾸어 마셨다. 그리하여 가난은 그가 가장 가까이 사귀는 벗이 되고 말았다. 가난이 벗이지만, 먹지 않을 수는 없는 법이다. 호구지책이 필요했다. 서울을 떠나 평양과 동래 등지를 떠돌아다니며 그림을 팔아 입에 풀칠을 하고 살았다. 서울을 제외한 곳에는 제대로 된 화가가 없었던 탓에 그림을 그려달라고 찾아오는 사람들이 제법 많았다.

최북은 그림을 팔아 쏠쏠한 수입을 올렸는가? 그랬다면 또 최북이 아니다. 최북의 시대에 그림은 정해진 값이 없었다. 예술가는 갑甲의 입장이 아니었던 것이다. 주는 대로 받는 수밖에. 그림이 제 마음에 흡족한데도 값을 기대 이하로 치르면 화를 내고 욕을 퍼부었고, 그림이 별로였는데도 값을 높게 치르면 깔깔거리며 웃고 그림 값도 모르는 놈이라 비웃었다. 그러고는 돈을 도로 가지고 가라 밀쳐내었다. 이러니 돈을 벌 수 없었다. 그림에 전문 지식이 있는 이에게 들은 이야기인데, 현재 남아 있는 최북의 그림은 수준 차이가 심하다고 한다. 아마도 위의 이유 때문일 터이다.

최북은 결국 가난에 시달리다 한겨울에 얼어 죽고 말았다. 아내가 있었는지, 자식이 있었는지도 알 길이 없다. 분명한 것은 그가 도화서圖畵署 화원이 아니었다는 것, 한갓 민간 화원의 떠돌이 화가였다는 것뿐이다. 그의 가문이 어떠했는지, 어떤 경로를 밟아 화가가 되었는지도 미상이다. 최북이 만약 김홍도처럼 국가에 소속되어 일정한 보수를 받고 왕실과 사대부를 위해 봉사하는 화원이었다면, 그의 기행은 아마도 없었을 것이다. 김홍도에 대한 전기적 서술들은 그가 타고

난 화가로서 절정의 기량을 보인 천재라는 데 집중되고 있다. 기행과는 거리가 먼 인물인 것이다. 그런 점에서 김홍도는 체제 속에 안주한 예술가이기도 했다.

마치자. 예술가라 하면서 현실에 대한 분명한 판단도 없고, 제대로 된 작품도 없고, 뜨거운 창작열도 없고, 오직 어찌어찌해서 얻은 예술가, 작가란 이름만 내걸고 괴팍한 행동을 일삼는 사람들을 더러 보았다. 예술가가 아니라 예술을 빙자한 사기꾼이요, 인생의 낭비자다. 기행이 아니라 겉멋일 뿐이다. 정말 세상과의 치열한 불화 끝에 나오는 기행을 보고 싶다.

노비를
낳으란 말이냐

《맹자》의 첫머리에 양혜왕과 맹자의 대화가 나온다. 양혜왕이 묻는다. "나는 나라를 다스리는 데 마음을 다 쏟고 있다. 하내 지방에 흉년이 들면 백성을 하동 지방으로 옮기고 하동 지방의 곡식을 하내 지방으로 옮겨준다. 하동에 흉년이 들어도 그렇게 한다. 하지만 이웃 나라의 정치를 보건대 나처럼 마음을 쓰는 나라가 없건마는, 이웃 나라의 백성이 줄어들지 않고, 내 나라의 백성이 늘어나지 않는 것은 무엇 때문인가?" 맹자는 답한다. "당신이 잘한다는 정치가 무어 그리 대단할까? 이웃 나라와 오십보백보가 아닌가. 평소 백성을 학대하여 개와 돼지가 사람이 먹을 양식을 먹어도 제지할 줄 모르고, 굶어 죽은 사람의 시신이 길거리에 나뒹굴어도 창고를 열어 구제할 줄 모른다. 당신은 내가 그렇게 만든 것이 아니라, 흉년이 들어서 그런 것이라고 말하지 않았던가? 무어 잘한 것이 있단 말인가?" 양혜왕의 답은 없다. 그는 아마도 답할 말을 찾을 수 없었을 것이다.

전근대사회에서 인구의 증가는 선정善政의 지표였다. 조선시대 지방 수령은 임지로 떠날 때 임금 앞에서 지방행정의 요체인 수령칠사守令七事를 외어야 하였다. 농잠의 흥성農桑盛, 호구의 증가戶口增, 학교의 발달學校興, 군정의 정돈軍政修, 부역의 균등함賦役均, 송사의 간략함詞訟簡, 간활의 멈춤奸猾息이다. 두 번째가 호구, 곧 인구의 증가다. 인구의 증가를 얼마나 중요하게 여겼던가를 알 만하지 않은가.

선정으로 인구가 늘어난다면 호적에 그대로 반영되어야 하지만, 사정은 그렇지 않았다. 다산은 〈호적의戶籍議〉에서 호적이 정확하지 못한 이유로 누락된 호와 인구, 실상과 맞지 않는 호虛戶, 이중으로 기록된 호, 직명職名과 역명役名이 사실과 다른 호의 존재를 꼽고 있다. 이 중 실상과 맞지 않는 호에 대해 살펴보자. 이것은 수령칠사의 '호구증' 때문에 생긴 것이다. 수령은 자신의 임기 중 호구가 줄어들면, 인사고과에서 낮은 점수를 받기에 사람이 없는 호구, 줄어든 호구도 그대로 둔다는 것이다.

양혜왕이 인구의 증가를 바란 것과 수령칠사에 '호구증'이 들어 있는 것이 과연 백성을 위한 것이었을까? 양혜왕의 시대는 전쟁이 일상화된 전국시대였다. 양혜왕이 바란 백성의 증가는 백성을 위한 것이 아니라 자신을 위해서였다. 전쟁을 하기 위한 물자를 생산하고, 전장에 나갈 병사가 많아지기를 바랐을 뿐이다. 그렇다면 조선은? 겉으로야 애민愛民 운운했지만, 속내는 다를 바 없었다. 지배자인 왕과 양반을 위해 먹을 것을 생산하고, 노동력을 제공하고, 전쟁이 나면 대신 죽어줄 군사가 될 존재가 곧 백성이었다. 백성이 늘어나면 왕과 양반의 이익도 그만큼 늘어날 것이었다. 호구증을 주문한 내심은 바로 여기에 있을 것이다.

대한민국 인구가 줄어든다고 걱정이 태산이다. 나라에서는 저출산으로 인해 앞으로 젊은 사람 한 명이 노인 몇 명을 부양해야 할 것이고, 미구에 대한민국이 사라질지도 모른다는 무서운 말들을 쏟아내고 있다. 그다지 효과적일 것 같지 않은 유인책을 쓰며, 아이를 많이 낳으라고 독려도 한다.

한데, 무조건 낳으면 되나? 혼자 벌어 도저히 생활이 안 되기에 맞벌이를 하는데, 아이를 많이 낳으면 이 핵가족 시대에 누가 키울 것인가? 아이가 자라 학교에 가면 학벌 사회에서 살아남기 위한 무한 경쟁에 사교육비를 퍼부어야 하는데 그 돈은 어떻게 마련하나? 좋은 일자리가 드물어진 사회에서 대학을 나온들 취업이 가능할 것인가? 용케 취업을 한들 마흔을 넘으면 잘리는 인생이다. 어느 순간 비정규직이 되면 또 어떻게 할 것인가? 쌓아놓은 무더기 재산이 없으면 곧장 지옥이 되는 세상이다. 지옥에 사는 사람더러 지옥에 살 자식을

낳으라 하면 과연 낳겠는가, 아니 낳겠는가?

《청구야담靑丘野談》에 실린 이야기 한 토막. 어떤 양반이 조실부모하고 남의 집 머슴을 살았다. 가난한 탓에 스물이 넘도록 총각을 면하지 못하다가 여러 해 새경을 모아 스물여섯에 겨우 장가를 들었다. 첫날밤을 치르고 날이 밝자 아내는 이렇게 말했다. "우리 방을 각각 따로 씁시다." "무슨 말이요?" "당신과 내가 잠자리를 같이하면 좋기야 하겠지요. 아들도 딸도 여럿 낳을 테지요. 하지만 없는 살림에 어떻게 키우겠어요. 평생 손발이 모지라지게 일이나 하다 죽겠지요. 앞으로 10년 동안 잠자리를 따로 하고 하루에 죽 한 끼를 먹으며 당신은 윗방에서 짚신을 삼고 나는 아랫방에서 길쌈을 하여 재산을 이루어봅시다." 남편은 고개를 끄덕였다.

등골이 휘도록 일을 한 결과 10년이 다가오자 곳간에는 곡식이 가득 차고 돈궤에는 돈이 흘러넘쳤다. 9년의 마지막 날 남편이 "오늘이 10년이 되는 날이야. 오늘은 밥을 먹지" 하자, 아내가 "10년 기한으로 죽을 먹기로 했는데, 어찌 하루를 더 못 참는단 말예요" 하고 되받았다. 남편은 머쓱하여 죽을 먹었다.

이튿날 아침 재산을 세어보니 큰 부자가 되어 있었다. 한데 문제가 있었다. 다시 동침을 했지만 가혹한 노동에 몸이 곯아 아이를 가질 수 없었다. 낙담하는 남편에게 아내가 말했다. "제 속으로 낳은 자식도 속을 썩이는 법이랍니다. 우리 재산이 넉넉하니 일가친척 중에서 똑똑한 아이를 골라 양자를 삼읍시다." 그 말대로 양자를 들였다. 양자는 자라 과거에 합격해 가문을 빛내었고, 부부는 행복한 노년을 보낼 수 있었다.

행복한 이야기로 들리는가? 아이를 낳지 않으려면 성관계 자체를 갖지 않는 것이 조선시대의 유일한 피임술이었다. 재산을 모으기 위해 신혼부부가 이 피임술을 쓴 결과 마침내 자식을 낳을 수 없게 되었다는 것은, 사실 너무나도 비인간적인 이야기다. 한데 이 비인간적 옛날이야기는 오늘도 계속된다. 결혼 자체를 포기하거나, 결혼해도 자녀를 낳지 않거나, 낳아도 하나에 그치는 경우가 허다한 것이다. 대한민국의 출산율은 이렇게 하여 세계에서 가장 낮아진 것이다.

대한민국 사회는 이미 생지옥이 되었다. 현재 대한민국의 정치를 보건대, 또 대한민국 사회에 편만한 경쟁주의의 담론을 보건대, 이 지옥은 점점 더 뜨거워질 뿐 좀처럼 바뀔 것 같지 않다. 행복해야 할 출산이 제 자식을 지옥의 불구덩이에 떨어뜨리는 행위라는 것을 대한민국 보통 국민들은 벌써 감지해버렸다. 낮은 출산율은 다른 것이 아니다. 이 사회를 생지옥으로 만든 체제에 대한 자발적 저항이다. 《청구야담》의 신혼부부는 성관계를 아예 갖지 않는 원시적 방법을 택했지만, 21세기의 대한민국 국민에게는 현대 의학이 가져다준 간편한 피임법이 있다. 누가, 무엇이 대한민국 사회를 생지옥으로 만들고 있는지에 대해 근본부터 반성하지 않는 한 저출산이란 저항은 계속될 것이다. 도대체 누구 좋으라고 아이를 낳으란 말이냐? 그건 노비를 낳으란 말이 아닌가?

그 교수전傳

그 교수의 이름은 알 수 없다. 굳이 알 필요 없다고 하는 사람들도 있다. 성은 김씨라 하기도 하고, 이씨라 하기도 하고, 박씨라 하기도 한다. 아니, 최씨, 강씨, 정씨라고 하는 이도, 그 밖의 어떤 성씨라고 하는 사람도 있다. 이처럼 이름은 물론 성씨조차 명확하지 않으니, 사람들은 '그'를 성처럼 붙여 그냥 '그 교수'라 부르는 것이다. 사실 그 교수는 별난 사람이 아니다. 학생·교수·교직원을 막론하고 그 교수를 숱하게 만나보았을 것이다. 도대체 그 교수는 어떤 사람인가.

교수의 본업은 연구와 교육이지만, 그 교수는 그쪽에는 아주 관심이 없다. 강의는 대충대충 하고, 일만 있으면 쉽게 휴강을 한다. 하지만 학점이 워낙 후하기에 학생들은 그 교수에게 쏠린다. 그 교수는 대학원생을 많이 거느리기도 한다. 뭔가 좀 똑똑하다 싶으면, 좀 예쁘다 싶으면, 뭔가 이용해먹을 만한 능력을 갖추고 있다 싶으면 무슨 수를 써서라도 지도 학생으로 삼고 만다. 하지만 평소 연구라고는 해본 적이 없으니, 논문 지도 따위는 하지 않는다. 논문은 원래 혼자서 쓰는 것이라면서 내팽개치고 만다.

그렇다고 해서 그 교수 자신이 논문을 쓰지 않는 것은 아니다. 논문을 써야만 돈(연구비라고도 한다)을 준다고 대학이 으름장을 놓자, 그 교수도 논문을 쓰기 시작했다. 물론 자신이 정한 일생의 연구 계획을 따라서 쓰는 것은 아니다. 절실한 연구 목적 같은 것도 없다. 다만 바라느니 돈이다. 그 교수는 논문을 적게 쓰는 사람으로 알려져 있지만, 꼭 그런 것만도 아니다. 제자의 학위논문을 요약해서 학회지에 싣게 하고 자신의 이름을 공저자로 올린다. 그러면 한 편당 70%를 인정해준다. 지도를 하지 않으면서도 많은 수의 제자를 악착같이 두는 것은 자신의 위세를 과시하려는 목적도 있지만, 논문 편 수를 늘리려는 목적도 겸하고 있는 것이다.

다른 방법도 있다. 한 편으로 쓸 논문을 서너 편으로 쪼개 쓰거나, 아니면 제목을 바꾸어 달고 내용을 약간 고친 뒤 이 학회지 저 학회지에 투고하기도 한다. 논문이 심사 과정에서 탈락될 것을 염려하여 학회의 임원이 되거나 편집위원이 되어 영향력을 발휘한다. 그도 아니라면 자신의 논문을 심사할 사람을 알아내어 전화를 하기도 한다. 자신과 비슷한 무리를 모아 아예 학회를 하나 만들고 학회지를 내기도 한다. 이 학회지에 논문을 싣는 것은 여반장이다. 이런 이유로 그 교수는 연구는 전혀 하지 않아도 논문은 풍부할 수 있다. 연구 업적을 평가하면 늘 1등이다.

그 교수는 기회가 닿는 대로 짐짓 학문의 진지함에 대해 근엄하게 읊조린다. 대학 바깥의 사람들에게 학자의 길은 수도승이 걷는 고행의 길과 같다고 말한다. 속내를 알 길이 없는 대학 밖의 사람들은 그 교수야말로 정말 참다운 학자로구나 하고 믿어 의심치 않는다.

이렇게 논문을 많이 써서 학문 발전에 크게 기여하면서도 그 교수는 다른 활동도 많이 한다. 사실 그 교수는 연구실에 있는 시간보다는 바깥에서 돌아다니는 시간이 훨씬 많다. 자료를 검토하고 궁리하는 시간보다 전화통을 붙들고 있을 때가 훨씬 많다.

학교 안에서는 어떻게 하면 보직이나 한자리할까 기웃거리고, 다음 번에는 누가 총장이 될까 하고 살핀다. 때로는 자신이 총장이 될 생각을 품기도 한다. 실제 보직을 맡기도 하는데(아니 보직만 하는데), 그럴 때면 본래 직무보다는 자신을 임명해준 사람에게 충성심을 나타내는 데 온 힘을 다 쏟는다. 그런 노력을 점잖은 보통 교수들은 흔히 '아첨'이라는 전문용어로 표현하기도 한다.

그 교수는 이른바 '사회봉사'도 열심히 한다. 뭔가 권력의 냄새가 나는 곳이면 부르지 않아도 가서 안면을 튼다. 출신지, 초·중·고등학교

동창 관계, 아는 사람의 아는 사람까지 동원하면서 자신과 무슨 관계가 있는지를 '검색'한다. 뭔가 하나가 걸리면 그때부터 형님, 동생, 선배, 후배를 읊조리면서 십년지기가 된다.

그뿐만 아니다. 국가기관의 무슨 위원회에서 부르면 언제라도 달려가서 평소 닦은 '옳습니다' 신공을 발휘한다. 선거철이 되면 갑자기 이상한 단체를 만들어 '장'이 되고 '대표'가 되어 부지런히 쏘다니는 것은 물론이다. 갑자기 신문에 누구누구를 지지하는 사람이라면서 이름도 나고 사진도 난다. 그것을 동네방네 떠들며 선거가 끝나면 마치 한자리할 것처럼 설치고 다닌다. 이것이 우리의 '그 교수님'이 사는 방식이다.

그 교수의 말과 행동을 보면 대개 보수로 보인다. 하지만 그 교수가 꼭 보수인 것만은 아니라고 하는 사람들도 있다. 드물기는 하지만 어떨 때는 꽤나 진보적인 발언을 한다는 것이다. 또 지난 민주화 시절 '데모'도 좀 했다고 한다. 그렇다면 그는 진보에서 보수가 된 것인가 그건 또 아니라고 한다. 사람들은 대한민국이 해방 이후 거의 모든 기간을 보수가 권력을 잡았고 앞으로도 그럴 가능성이 대단히 높기 때문에 그 교수가 보수 쪽에 선 것일 뿐이라고 한다. 앞으로 이른바 '진보세력'이 권력을 잡을 가능성이 90%쯤 된다면 그는 진보로 행세하리라는 것이다. 따라서 정확하게 말해 그 교수는 보수도 진보도 아니고 오직 자신의 이익, 구체적으로 말하자면 무슨 벼슬을 한자리하거나 그 자리를 이용해 돈벌이할 생각만 하는 '자기이익주의자'라고 하는 것이

옳다는 말도 있다.

'자기이익주의자'인 그 교수는 민족주의자이고 애국자이기도 하다. 예컨대 그는 광개토대왕의 넓은 영토와 장보고의 해상왕국에 감동하고, 한편으로 현재 삼성전자가 한국기업으로서 세계적 기업이라는 사실(이 다국적기업을 '한국의 기업'이라고 말할 수 있는지 모르겠지만 말이다)을 민족적 자랑거리로 여긴다. '미국의 기업'인 애플이 삼성전자를 제소한 것에 대해 마음이 아프기 짝이 없다. 그는 오갈 데 없는 민족주의자이고 애국자이지만, 한편으로 물 건너 있는 대국大國인 미국을 사랑해마지않는 사람이기도 하다. 어떤 교수가 그 교수에게 미국을 비판하는 말을 했다가 분노에 찬, 폭포수 같은 반론을 듣고 어이없어했다는 말도 있었다. 그런데 그 교수는 미국을 사랑하지만, 같은 동포인 북한에 대해서는 무조건 '미친놈들' 운운하면서 흥분한다. 또 정부의 정책을 비판하거나 사회의 모순을 지적하는 사람들에 대해서는 '종북'이라고 말한 적도 있다고 한다. 물론 확인되지 않는 풍문일 뿐이다.

흥미로운 사실은 그 교수가 차근차근 이치를 따지면서 대화하기를 무척 꺼린다는 것이다. 특히 그 교수는 공개 석상에서는 평소 신념을 밝히는 법이 없다. 그 교수가 무게를 잔뜩 실어 권위 있는 어투로 말할 때도 있기는 하다. 그건 대개 자기의 말을 일방적으로 들을 수밖에 없는 대학원생 혹은 아직도 약간 순진한 학부생 앞에서다. 그 외에 그 교수의 무게 있는, 권위 있는 발언은 주로 그 교수가 아첨의 기술을 총동원해서 따낸 무슨 '장'을 맡았을 때다. 하지만 그 '장'을 그만두면 그런

권위 있는 말투는 사라지고 만다.

　그 교수는 너무 바쁘다. 중요한 '사회 활동'으로 늘 이곳저곳 기웃거리기 때문이다. 그래서 그런지 그 교수가 책을 읽거나 궁리하는 것을 본 사람은 드물다. 그 교수의 연구실을 찾아가면 그 교수는 늘 누군가와 전화 통화를 하고 있다. 통화가 끝나기를 기다리며 연구실을 둘러보면 사방에 책과 문서가 가득하다. 그 책들은 보통 사람들은 짐작이 가지 않는 어려운 제목을 달고 있다. 학교 밖의 사람들은 그 교수가 대단한 연구를 수행하는 줄로 안다. 하지만 그 책들은 20년 전, 30년 전 젊은 시절 사들인 것이고 이후 한 번도 펼쳐보지 않은 것들이다. 그래서 그런지는 모르겠지만, 그 교수와 대화를 나눈 사람들 중에 그 교수가 의외로 무식하다고 말하는 사람도 있다. 하지만 그 교수는 결코 무식하지 않고 영민하기 짝이 없다고 말하는 분도 있다. 그분은, 그 교수가 노조의 파업을 엄단하는 것이 기업을 살리고 국가와 사회를 안정시키는 지름길임을, 핵발전소의 증설이 에너지 문제를 해결하는 유일한 방법임을, '4대강 사업'이 국토의 효율적 사용과 환경보호에 기여하는 중차대한 국가사업임을 조목조목 따지는 것을 듣고, 그 교수의 해박함과 영민함에 새삼 감탄해마지않았다는 것이다.

　외사씨外史氏는 말한다. "어떤 그 교수는 학장이 되고, 어떤 그 교수는 총장이 되고, 어떤 그 교수는 정치인이 된다. 위원장도 되고, 장관도 되고, 사외 이사도 된다. 다만 그 교수는 윗분이 시키는 대로 하는, 윗분에게 충성을 다하시는 분이다. 요즘 보기 드문 충직한 분이시다. 어떤가 대한민국 국민이면 본보기로 삼아야 할 분이 아니신가."

병문안을
다녀와서

친구 병문안을 다녀왔다. 동네에서 제법 큰 편의점을 하는 친구다. 우연히 그의 집에 전화를 했던 다른 친구가 큰 병원에 입원한 지 보름가량 되었다는 말을 듣고 몇몇 친구에게 연락해 병원으로 찾아간 것이다. 몇 년 전부터 건강이 좋지 않다는 말은 들었지만, 병원에 보름 넘게 드러누운 것은 이번이 처음이었다. 간에 탈이 났다. 간이 딱딱하게 굳는 병이었다. 1년이면 거의 3백 일 이상 술을 입에 달고 사니, 그게 화근이 되었던 것 같다.

병실에 우르르 들어가 한편 당황스러워하고 한편 반가워하는 친구를 보고, 모두들 한마디씩 건넸다. 아니 멀쩡한 인간이 무슨 병원이냐, 가게는 어떻게 하고 이렇게 누웠느냐, 친구들이 만나주지 않으니 이제 병원에 누워서 이렇게 불러대느냐, 빨리 일어나 등산이나 가자, 아무개도 너처럼 아팠지만 아무렇지도 않게 일어났다 그러니 아무 일 없을 게다 등등 너스레를 떨며 친구를 위로하고 한참 뒤에 병원을 나섰다.

만난 김에 한잔하자고 해 소줏집에 앉았다. 술 때문에 입원한 친구를 두고 무슨 술이냐는 타박이 있었지만, 모두들 재수 없는 소리 말라고 면박을 주었다. 술기운이 오르자, 한 친구가 동네 병원을 하고 있는 의사 친구에게 물었다. "야, 아무개야, 걔 괜찮은 거니? 희망은 있는 거야?" 의사 친구의 답인즉 이랬다. "제법 심각해. 지금이라도 자신이 병자인 것을 받아들이고, 적극적으로 치료를 하면 그나마 얼굴 볼 날이 더 길어질 텐데, 문제는 자기는 간이 좀 나쁠 뿐 다른 곳은 아직도 멀쩡하다면서 병자가 아니라고 우기는 거야."

듣고 보니, 간이 좀 나쁘지만 다른 곳은 멀쩡하니 병자는 아니라는 말은 정말 우습고도 한심했다. 하기야 젊어서부터 운동으로 다져진 그 친구 근육은 아직 단단해 보였다. 몇 해 전까지 산악자전거를 탔고, 등산을 좋아하여 백두대간을 종주하기까지 한 친구가 아닌가. 누가 "걔 말도 그럴듯하네" 하고 웃자, 의사 친구는 한심한 소리 말라며 핀잔을 주었다.

"야, 이 사람아. 모든 장기에 100% 병이 들어야만 병자가 되는 건 아니야. 수많은 장기 중 하나에 병이 들면 병자가 되는 게야. 위에 암 덩어리가 생기면 그 사람은 큰 병자인 거지. 그런데 나머지 95% 장기가 멀쩡하니 아직은 괜찮다면서 나를 병자로 보지 말라 우기고, 적극적으로 치료할 필요가 없다 하면 어떻게 되겠냐? 뇌에 종양이 생겼는데도 허파와 위장, 대장, 소장, 신장 그리고 팔다리가 멀쩡하니, 아직 병자가 아니라고 건강하다고 고집하면 그 사람 얼마나 더 살겠냐? 엉!" 의사 친구가 음성을 높이자, "걔 말도 그럴듯하네"라고 말했던 친구가 머쓱한 표정을 지었다.

술에 취해 전철을 타고 집으로 돌아오는데 아픈 친구와 보냈던 시절이 새록새록 떠올랐다. 그 친구와 나는 초등학교부터 대학까지 같이 다녔다. 그 집에 무시로 드나들었고, 같이 밤을 새운 적도 한두 번이 아니었다. 그 친구는 없는 사람을 보면 마음이 아파 선뜻 지갑을 여는 고운 심성을 가졌지만, 한편으로 영혼은 죽어서도 사라지지 않는다고 역설하는가 하면, 우주인이 지구에 문명을 가져다주었을 거라 주장하는 비합리적인 구석이 있기도 하였다. 그것이 아마도 자신이 병자가 아니라 우기는 근거일지도 모를 일이다.

문득 의사 친구가 마지막으로 한 말이 떠올랐다. "병든 곳이 있는데도 건강한 곳이 더 많으니 아직 병자가 아니라 우기는 건 온 세상이 다 그래. 그 친구만 그런 게 아니야." 그래, 그렇구나. 그 친구만 그런 것이 아니구나. 의사 친구의 말이 조금은 위로가 되었다. 창밖을 바라보니 전철은 어느 사이 지하터널을 빠져나와 있었다. 어둠 속 교회의 붉은 네온사인 십자가가 곳곳에서 빛을 발하고 있었다. 흡사 무덤 같았다.

21세기의
조선시대

연암 박지원의 〈양반전〉에는 양반이 상것에게 '양반'을 팔아먹고 작성한 매매문서가 실려 있다. 양반이 갖추어야 할 몸가짐의 세칙이 열거된 문서를 받아든 상것이 불만을 터뜨린다. 양반이 좋은 것이라 더니, 이렇게 몸을 단속하고 살아야 한다면 양반이 좋은 것이 뭐냐는 것이다. 양반은 다시 문서를 써준다. 벼슬한 양반이 누리는 온갖 특권과 특혜는 물론 시골의 궁한 양반의 그것도 열거해놓았다. 들자면 이렇다. "궁한 선비가 시골에 산다 할지라도 무단武斷할 수 있다. 이웃집 소를 끌고 와서 먼저 내 밭을 갈 수 있고, 이웃 백성을 잡아다 먼저 내 밭의 김을 매어도 누가 감히 나에게 대들 수 있단 말인가? 네 놈의 코에 잿물을 붓고, 상투를 잡아 꺼두르고 수염을 다 뽑아도 원망하는 소리를 내뱉는 놈 아무도 없으리라."

어떤가? 양반은 상것이 말을 안 들으면 코에 잿물을 쏟아붓고, 상투를 잡아 꺼두르고, 수염을 뽑는 등의 폭력을 행사할 수도 있다. 이것이 곧 무단이다. 폭력으로 상대방을 내 뜻대로 다스릴 수 있다는 말이다.

1896년 3월 9일 일본인 쓰치다土田讓亮를 죽인 죄로 백범 김구는 인천 감옥에 갇혀 지내다가 1898년 3월 탈옥해 삼남 일대를 돌아다니며 도피 생활을 한다. 그러던 중 해남 윤씨 집에 잠시 머문다. 어느 날 주인이 상것을 묶어놓고 가혹한 형벌을 가한다. 물어보니, 그 상것이 남의 집일을 해주고 자신이 정한 품삯보다 1푼을 더 받았기 때문이란다(윤씨 양반은 동네 품삯을 남자 3푼, 여자 2푼으로 정해놓았다고 한다). 백범이 주막 밥값도 한 끼에 최하 5~6푼이라며, 한 푼 더 받은 것을 가지고 왜 그렇게 하느냐고 물었더니, 양반의 답인즉 이랬다. "상것 하나가 내 집에서 일을 하면 식구 수대로 모두 내 집에 와서 밥을 먹는다. 그런데 만약 품삯을 넉넉히 주면 상것들의 의식주가 풍족해질 터이고, 그러면 양반집에 찾아와 밥을 먹는 일도, 말을 고분고분 듣는 일도 없을 것이다. 그래서 품삯을 적게 정해 주는 것이다."

윤씨 양반집에서 일한 상것은 농토 없는 농민이었을 것이다. 그는 양반집에 매여 주막의 한 끼 밥값도 되지 않는 품삯을 받으며 산다.

만약 그 상것이 다른 집에서 품삯을 많이 받고, 돈을 모아 땅을 사서 제 농사를 지어 먹고산다면 어떻게 될까? 무엇하러 양반집에서 굽실거리며 일을 하겠는가? 그래서 상것이 다른 집에서 제 노동력을 비싸게 팔아 재산을 축적할 가능성을 보는 순간, 양반은 상것을 잡아다 무릎을 꿇리고 가혹한 사형私刑을 가해 그 가능성을 봉쇄해버린다. 그것은 바로 〈양반전〉에 나오는 양반이 상것에 대해 무단할 수 있는, 신분적 특권이 있었기에 가능한 것이었다.

최근 조현아 대한항공 부사장의 땅콩 회항 사건이 있었다. 그녀의 사무장에 대한 폭언과 폭행에서 몇 해 전에 있었던 재벌 2세 최철원의 '맷값 폭행'과 그 이전의 김승연 한화그룹 회장의 '청계산 보복 폭행' 등이 생각났다. 이런 사태는 우연의 산물이 아닌 것이다. 동일한 사건이 반복되는 것을 보고 절로 《백범일지》에 실린 윤씨 양반의 사형을 떠올리게 된다. 양반은 우아하고 세련된 생활 방식과 교양 있는 언행이 몸에 밴 사람들이다. 오늘날 이 나라를 지배하는 '가진 사람들' 역시 양반과 같은 사람들이다. 하지만 상것이 불복종할 희미한 가능성이 보이자, 양반이 가차 없이 돌변하여 가혹한 린치를 가했듯, 오늘날 이 나라의 '가지신 분'들의 내심 역시 없는 자들의 항의를 동일한 방식으로 짓밟아버리고 싶을 것이다. 조현아의 폭언과 폭행은 그 욕망이 구체화된 한 사례에 지나지 않는다. 생각해보라. 방법이 다를 뿐, 노동자에 가하는 그런 종류의 폭행은 지천에 널려 있지 않은가.

지금의 한국사회를 근대, 조선시대를 전근대 혹은 중세라 말한다.
하지만 근대가 모든 전근대 혹은 중세를 배제한 것은 아니다. 지배와
피지배의 관계가 있는 한 근대 내부에도 얼마든지 전근대 혹은 중세
가 있다. 나는 조현아 사건을 보고 우리는 여전히 중세인 조선시대에
살고 있다고 생각한다.

백성 신세효

흉년이었다. 조정에서 백성들이 바치는 세금을 깎아주라는 명을 내렸다. 홍양현興陽縣의 백성 신세효는 불만이었다. 세금을 깎아주려면 공평해야 하지 않는가. 자신이 불공평한 대우를 받은 것이 틀림없다는 생각이 들었다. 홧김에 술을 마셨다.

홍양현감 양완梁垸은 고을 바깥의 창고를 점검하기 위해 길을 나선 참이었다. 신세효는 양완의 앞을 가로막고, 취기에 큰 소리를 질렀다. "성주城主여, 성주여. 나를 좀 보소, 나를 좀 보소!" 성주는 백성이 고을 원을 부르는 말이다.

양완은 무슨 일이냐고 물었다. 신세효는 세금을 깎아주는 것이 공평하지 못하다고 원망하는 말을 쏟아냈다. 양완의 정사가 불공평하다는 말이었다. 신세효는 양완이 탄 말의 등자를 붙잡고 큰 소리로 거듭 억울하다 외쳤다. 양완은 신세효를 뿌리치고 현청으로 돌아왔지만, 상것이 등자를 붙잡고 소리를 질렀다는 사실이 불쾌하기 짝이 없었다. 며칠이 지난 뒤 양완은 신세효를 현청으로 불렀다. 엎어놓고 매 15대를 쳤다. 매를 맞은 신세효는 몇 걸음 비틀거리며 걷다가 픽 쓰러져 눈 코 귀 입 등 온몸의 구멍으로 피를 쏟고 죽었다.

신세효의 아들이 관찰사 민태혁閔台爀에게 억울함을 호소한 것은 지극히 당연했다. 사건의 경개를 파악한 민태혁은 왕(정조)에게 형장刑杖 15대가 과한 형벌은 아니지만, 신세효가 세금 감면의 불공평함을 하소연했으므로, 양완은 간사한 아전이 농간을 부렸는지 먼저 조사했어야 옳다고 했다. 또한 형장을 독하게 쳐 죄 없는 사람을 죽게 했으므로 해당 기관에서 조사해 처리할 것을 요청했다. 요약하자면, 양완은 남형濫刑의 죄를 저질렀다는 이야기다.

정조에 대해 호감을 갖고 있는 사람들은 정조가 양완의 죄를 다스리고, 신세효의 억울한 사정을 보살폈을 것으로 생각하리라. 하지만 정조의 말은 딴판이었다. 정조는 이렇게 말머리를 뗐다. "살인자는 죽인다는 법이 엄중하기는 하지만, 고을 원과 백성의 명분 역시 무거운 것이다." 정조가 강조하고자 하는 것은 고을 원과 백성의 명분이다. 그는 신세효가 "나를 좀 보아달라"고 말을 한 것과 양완의 말등자를 붙잡았던 행동은 대단히 무엄한 것이며, 관장官長이 된 양완의 입장에서 그 무엄한 짓거리를 한번 다스리려고 했던 일 역시 당연한 것이라고 말한다. 또 양완이 사용한 매는 손가락 굵기만 한 것으로 법을 벗어난 것이 아니며, 고을 원이 50대까지는 재량껏 칠 수 있으니, 양완에게 남형죄를 적용할 수 없다는 것이었다. 정조는 양완을 처벌할 수 없다고 결론을 내렸다. 신세효에 대해서는 제풀에 쓰러져 죽었을 뿐이라고 판단했다(《정조실록》 14년 4월 3일).

신세효의 입장에서 생각해보자. 흉년에 조정에서 세금을 감면해준다 하여 좋아했지만, 자신이 감면받은 것은 다른 사람에 비해 터무니없이 적다. 억울하기 짝이 없어 술을 먹고 고을 원의 말등자를 붙잡고 하소연했다가 관정官庭에서 매를 맞고 죽었다. 고을 원에게 하소연한 것이 매를 맞을 일인지, 죽을 일인지 정말 모를 일이다. 신세효가 호소했던 그 불공평 문제는 어느새 사라지고 말았다. 정조 역시 그 문제는 안중에도 없었다.

정조는 부지런하고 성실한 임금이었다. 《정조실록》을 보면 정조가 백성을 '어여삐' 여겨 구휼하는 데 온갖 정성과 노력을 기울였던 것을 알 수 있다. 하지만 백성은 구제의 대상, 돌봄의 대상으로만 있어야 한다. 불쌍히 여겨 해주면 해주는 대로 잠자코 있어라. 백성은 자기주장을 할 필요도 없고 해서도 안 된다. 만약 그럴 경우 가혹한 처벌이 따르리라. 이것이 왕과 양반들의 생각이었다. 달리 말해 백성은 정치의 대상일 뿐, 결코 주체가 될 수 없었던 것이다.

국회의원은 국민이 선출한다. 신세효는 백성이었지만, 나는 국민이다. 그런데 물어보자. 오늘날 백성 아닌 국민인 나는 정말 에누리 없이 정치의 주체인가. 훌륭하신 독자 여러분께 물어보고 싶다.

다산의 뽕나무

1800년 6월 28일(음력) 정조가 죽자, 다산의 험난한 삶이 시작되었다. 1801년 2월 9일 사헌부는 이가환과 이승훈, 그리고 다산이 천주교 신자라 단정하고 탄핵한다. 대신들이 다산은 죄가 없다 하며 풀어주자는 의견을 올렸으나 서용보徐龍輔가 극력 반대하여, 그는 장기현長鬐縣의 귀양객이 되고 만다. 그해 10월 '황사영黃嗣永 백서사건帛書事件'이 터졌고, 다산은 다시 서울로 소환된다. 하지만 아무리 쥐어짜도 죄로 삼을 것이 없었다.

《순조실록》에 의하면 유배 명령이 떨어진 것은 11월 5일이다. 다산은 형 정약전丁若銓과 즉시 유배지로 떠났다. 정약전의 유배지는 신지도薪智島에서 나주목 흑산도로, 다산의 유배지는 장기현에서 강진현康津縣으로 바뀌어 있었다. 다산은 나주 북쪽 율정栗亭에서 드디어 형과 애끓는 이별을 하고 홀몸이 되었다. 〈나그네 회포客中書懷〉란 시에서 "북풍이 흩날리는 눈송이처럼 나를 불어, 남으로 강진 땅 주막까지 이르렀네北風吹我如飛雪, 南抵康津賣飯家"라고 했으니, 눈보라 휘날리는 한겨울 형과 이별하고 유배지에 떨어진 그 심정은 정말 처참했으리라.

서울에서 강진까지의 거리를 생각하건대 다산은 아마 동짓달의 끄트머리에야 임시 거처인 주막집에 도착하고, 거기서 새해를 맞았을 것이다. 다산은 집에서 보낸 편지를 받고 시를 한 수 쓴다. 〈새해에 집에서 보낸 편지를 받고新年得家書〉가 그것이다(제목 아래 '임술년 (1802) 봄 강진에 있었다壬戌春在康津'는 주註가 있다). 어디 읽어보자.

해가 가는지 새봄 오는지 까마득히 잊고 있다
새 지저귀는 소리 날로 달라지기에 무슨 일인가 하였다오.
비 오는 날이면 고향 생각 등나무 덩굴처럼 자라는데,
겨울 지난 수척한 내 몸은 대나무 가지 같구려.
세상 꼴 보기 싫은 탓에 느지막이 방문을 열고
올 사람 없을 줄 알고 이부자리도 더디 개네.
무료한 세월 보내는 법 아이들이 알고서는

가려 뽑은 의서醫書 한 권, 술 한 단지 보냈구려.
천 리 먼 길 걸어온 어린 종 건네는 편지 들고
초가집 등잔 아래서 짓나니 긴 한숨이라.
어린 자식 농사 배워 아비를 나무라나
옷 꿰매 보낸 병든 아내 아직도 나를 사랑하네.
좋아하는 것이라고, 이 먼 곳까지 찰밥을 보내주건만
굶주림 면하려고 금방 쇠 투호를 팔았다지.
편지 읽자 답장에는 달리 할 말도 없어
모쪼록 뽕나무 수백 그루 심으라고 당부했네.

 낯선 귀양지에 막 도착하니 새해가 되었다. 유배객의 심사는 억울
하고 원통하고, 복수심에 가득 차야 마땅하겠지만, 그런 감정은 보이
지 않는다. 의외로 덤덤하다. 다만 해가 가는지 봄이 오는지도 관심
이 없고, 세상사 보기 싫어 늦게 일어나 방문도 느지막이 열고 이부
자리도 천천히 갠다. 그렇지 않겠는가? 방금 당도한 귀양지에서 무엇
을 하란 말인가. 이때 편지가 온다. 의서 한 권, 술 한 단지도 있다. 의
서는 아마도 유배지에서 병이라도 날 경우 도움이 되라고, 술은 한때
나마 취해 괴로움을 잊으라고 보낸 것일 터이다. 다산은 자식들이 농
사를 배우는 것이 글을 배워 마침내 귀양살이를 하는 자신을 나무라
는 것 같다고 자조하다가, 옷을 꿰매어 보낸 아내를 떠올리면서 아내
는 자신을 여전히 사랑하는 것 같다고 스스로를 위로한다. 이렇게 유

배객 다산은 자식과 아내의 편지를 받고 위로를 받는다. 하지만 답장을 쓰자니, 쓸 말이 없다. 오직 수백 그루 뽕나무를 심으라고 말한다.

바로 이 시 말미의 뽕나무에 눈길이 간다. 언제인지는 모르지만 돌아갈 날을 위해, 남은 가족의 생활을 위해, 처참한 지경에 떨어져 있으면서도 뽕나무를 심으라 권하는 것이야말로 다산의 낙관주의, 현실주의적 자세다. 그는 이후 두 아들에게 보내는 편지에서 누차 의식衣食의 근원으로 뽕나무와 삼, 채소와 과일을 심고 가꾸라고 말한 바 있다.

귀양지에 떨어졌지만 다산은 희망을 갖고 뽕나무를 심으라 권했다. 이제부터는 뽕나무를 심으라는 다산의 말을 기억하여, 긍정적이고 낙관적인 자세를 갖자. 어둠이 짙으면 새벽이 오는 법이다.

둘

예술가의 자세

김성기金聖基는 영조 때 상의원尙衣院의 궁인弓人이었다. 상의원이란 원래 왕과 왕비의 의복을 제작하고, 궁내의 값나가는 보물을 관리하는 곳이다. 이곳에서는 왕이 사용하는 활도 만들었던 모양이다. 활을 만드는 장인이었으니, 신분을 따지는 조선사회에서 김성기는 그야말로 밑바닥 인생인 셈이다.

그래서였는지 김성기는 활 만드는 데는 큰 애정이 없었다. 우연히 손에 댄 거문고가 좋아 배우러 다녔다. 배우다 보니 거문고가 나날의 일이 되었다. 급기야 활은 팽개치고 거문고에 모든 것을 쏟아부었다.

마침내 거문고의 명인이 되었고, 거문고 좀 뜯는다 하는 장악원掌樂院 악공도 모두 그의 문하에서 나왔다. 거문고의 명인은 통소도 비파도 명인의 경지에 도달했고, 작곡에도 비범한 재능을 보였다. 그가 새로 발표한 곡은 '김성기의 신보新譜'라고 하며 사람들이 다투어 배워 연주하였다. 그가 죽고 난 뒤 제자들이 그가 전한 곡조를 따로 거두어 모아 거문고 악보를 내었고, 지금도 《어은보漁隱譜》라는 이름으로 전하고 있다. '어은'은 김성기의 호다.

김성기의 연주를 들어본 사람은 누구나 김성기를 첫손가락으로 꼽았다. 조선후기에 서울에서는 잔치를 벌이면 장악원 악공이나 용호영龍虎營의 악대樂隊, 그리고 춤추는 기생을 불러 한바탕 노는 것이 풍습이었다. 잔치에 반드시 초청해야 할 사람은 김성기였다. 김성기를 못 부르면 잔치도 아니라 할 정도였으니, 김성기의 인기를 알 만하지 않은가?

잔치를 벌인 사람은 악공과 기생에게 행하行下를 주었다. 연주에 대한 대가였다. 김성기는 이름이 있었으니 받은 행하로 집이며 땅이며 샀을 만도 한데, 사는 것은 가난하기 짝이 없었다. 이곳저곳 떠돌아다니며 살았고, 아내와 아이들도 배고픔과 추위를 면하지 못했다. 하지만 그는 그것에 크게 괘념하지 않았다.

김성기는 늘그막에 마포 근처의 셋집을 얻어 살았다. 작은 고깃배 한 척을 사서 고기를 잡아 겨우 생계를 이었다. '어은漁隱'이란 호는 이 때문에 붙인 것이다. 바람이 잔잔한 날, 달이 훤히 비치는 밤이면 노를 저어 강심으로 나가 퉁소를 불었다. 맑고 애절한 소리에 강가의 행인이 발걸음을 옮기지 못했다.

김성기가 한강에서 물고기를 잡고 퉁소나 불다가 죽었으면, 그는 그저 연주에 빼어났던 음악인으로 남았을 것이다. 그러나 그의 이름을 역사의 한편에 남긴 사건이 있었다. 경종(재위 1720~1724)은 숙종의 뒤를 이어 왕위에 올랐지만, 몸이 허약한 데다 또 장희빈의 아들이라 노론에게 탐탁한 존재가 아니었다. 부왕 숙종까지 세자가 마음에 들지 않았다. 숙종은 죽기 3년 전(1717) 노론 이이명을 불러 세자(경종)를 연잉군(곧 뒤의 영조)으로 바꾸려는 속마음을 밝힌 적이 있었다. 경종이 즉위하자 숙종의 밀명을 받은 노론은 경종이 젊은데도 불구하고, 자식도 없고 병도 많다면서 연잉군을 세제世弟로 세울 것을 요청하였고, 왕의 허락을 받아내었다. 그리고 얼마 지나지 않아 세제가 경종의 옆에서 정무를 배우는 일을 허락해달라 청했다. 사실상 왕을 교체하려는 것이었다. 이로 인해 숙종 이래 경종을 지지하는 소론과 연잉군을 왕위에 올리려는 노론 사이에 피비린내 나는 싸움이 벌어졌다.

1722년 3월 남인 목호룡睦虎龍은 소론의 편을 들어 노론이 경종을 살해하거나 폐위할 것을 도모했다고 고변告變하였다. 노론의 지도자 4인, 곧 김창집·이이명·조태채·이건명이 사사賜死되었고, 연관되어 죽은 사람이 수십 명에 달했다. 귀양 간 사람 역시 1백 명이 넘었다. 그 외 관련되어 고통받은 사람 역시 수백에 달했다. 미심쩍은 구석은 많지만, 노론이 경종을 몰아내고 연잉군을 왕위에 올리고자 할 때 자객을 시키거나 음식에 독물을 타는 방식으로 경종을 죽이는 일을 추진했을 것 같지는 않다. 그러나 소론에게 그 진위 여부는 상관이 없었다. 당쟁이 늘 그렇듯 그 목적은 상대방 당파를 정계에서 제거하는 데 있었으니까 말이다.

목호룡 한 사람의 고변으로 수많은 사람들이 죽고 삶이 결딴났다. 이 사건이 바로 신임사화辛壬士禍다. 목호룡은 고변의 대가로 공신이 되었고 땅과 노비를 하사받았다. 권세가 하늘을 찔렀다. 어느 날 목호룡은 제 패거리를 불러 잔치를 벌였다. 김성기를 불러 흥을 돋우고 싶어 안장 갖춘 말 한 필을 종에게 딸려 보냈다. 나름 예를 갖춘 것이었다. 하지만 김성기는 병이 났다며 가지 않았다. 심부름하는 종이 몇 차례나 다시 왔지만 김성기는 누워 꿈쩍도 하지 않았다. 종이 "오지 않으면 내 너를 크게 욕보이겠다"라는 목호룡의 협박을 전하자, 김성기는 뜯고 있던 비파를 종 앞에 내던졌다.

"돌아가 목호룡에게 전하거라. 내 나이 칠십이다. 그놈을 두려워할 이유가 없다. 그놈은 고변을 잘한다지. 나 또한 고변을 해 죽여보거라."

목호룡은 김성기의 말을 전해 듣고, 기가 꺾여 잔치를 파하고 말았다.

김성기는 고변으로 인해 사람을 죽이고 권세를 누리는 목호룡이 옳은 인간이라 보지 않았다. 하지만 그것은 당시 거의 모든 사람이 알고 있는 바였다. 상의원 궁인 출신의 일개 거문고 연주자가 권세 있는 목호룡의 초청에 응하지도 않고, 도리어 목호룡의 아픈 곳을 찌를 수 있었던 용기는 어디서 온 것인가. 자신의 예술에 대한 자부심이 용기의 근거였을 것이다.

김성기는 철저히 비타협적인 인물이다. 가난도 비타협적 자세 때문이었을 것이다. 하지만 자기 예술에 대한 자부심으로 가득한 사람이었다. 예술가의 삶의 자세는 어떤 것인가. 권력에 비타협적이고 무언가 불온한 것이 아닐까? 그것은 김성기처럼 자기 예술에 대한 자부심에서 오는 것일 터이다. 오늘도 아마 진정한 예술가라면 반드시 그럴 것이다.

환득환실과
시위소찬

고전의 말씀은 언제 들어도 좋다. 《논어論語》〈양화陽貨〉에서 공자 님께서는 이런 말씀을 하신다.

비루한 사람과 함께 임금을 섬길 수 있을 것인가? 얻기 전에는 얻 을 것을 걱정하고, 이미 얻고 나서는 잃을 것을 걱정한다患得患失. 만약 잃을 것을 걱정한다면, 이르지 않는 바가 없을 것이다.

무슨 말씀인가. 먼저 비루한 사람鄙夫부터 살펴보자. 주자朱子는

'비鄙'를 '못나고, 악하고, 비열하고, 졸렬함'을 일컫는 말이라고 주석을 달고 있다. 더 이상 무슨 말이 필요할까? 그렇다면 환득환실患得患失의 의미는 무엇인가? 비루한 자는 벼슬을 얻기 전에는 그 벼슬을 얻지 못할까 마음을 조이고 산다. 비루한 짓거리를 한 결과 벼슬을 얻었다면, 그 벼슬을 잃어버릴까 또 마음을 조이고 산다. 그 벼슬, 곧 관직의 본래 목적에 맞는 일을 할 생각은 도무지 없다. 이르지 않는 바가 없다는 말은 하지 못하는 짓거리가 없다는 말이다. 이런 인간 유형은 한번 벼슬을 얻었다 하면, 오직 그 자리에 연연하면서 못하는 짓거리가 없게 된다는 뜻이다. 여기에 붙인 주자의 주석을 들어보자. "작게는 남의 종기를 빨고, 치질을 핥고, 크게는 아버지와 임금을 시해하는 것이 모두 벼슬을 잃을까 걱정하는 데서 나오는 것이다." 무섭다. 철면피가 되면 못하는 짓이 없는 것이다.

중국 한漢나라 때 직언 잘하기로 유명한 주운朱雲은 성제成帝를 만난 자리에서 공자의 '환득환실'을 인용한다.

지금 조정의 대신들은 위로는 임금의 잘못을 바로잡지 못하고, 아래로는 백성들을 이롭게 하는 것 없이 시위소찬尸位素餐하고 있을 뿐입니다. 이것은 곧 공자께서 말씀하신 '비루한 사람과는 임금을 섬길 수 없는 경우'이자, '벼슬을 잃을까 걱정하여 이르지 못하는 바가 없는 경우'입니다. 원하건대, 신에게 상방尚房에서 만든 참마검斬馬劍을 내려주시기 바랍니다. 간신배 하나를 베어 죽여 나머지 무리들에게 경종을 울리고자 합니다.

성제가 환득환실의 경우에 해당하는, 죽여야 할 사람이 누구냐 물었더니, 주운은 당시 성제의 신임을 받고 권세를 휘두르던 안창후安昌侯 장우張禹라 답한다. 분노한 성제가 주운을 죽이겠다며 끌어내라 명하자, 주운은 어전의 난간을 붙잡고 늘어졌다. 그 바람에 난간이 부러졌다. 주운이 끌려가자 좌장군 신경기辛慶忌가 머리를 바닥에 찧으면서 정직한 말을 하는 사람을 죽여서는 안 된다고 말린다. 성제의 화가 풀릴 때까지 신경기의 이마에서는 피가 멈추지 않았다. 뒷날 부러진 난간을 고치려 하자, 성제는 새 재료를 쓰지 말고 예전 난간을 그대로 복구하라고 한다. 난간을 보고 훗날 직언하는 사람을 표창하기 위해서였다.

주운은 환득환실이란 《논어》의 말을 인용했지만, 그 자신 역시 유명한 말 한마디를 남긴다. '시위소찬尸位素餐'이 그것이다. '시위'는 자리만 차지하고 아무런 일도 하지 않는 것, '소찬'은 하는 일 없이 밥만 꼬박꼬박 받아먹는 것을 말한다. 한마디로 중요한 지위에 있으면서도 아무 하는 일 없이 밥만 얻어먹는 행위를 이른다.

조선시대에 '환득환실'과 '시위소찬' 두 어휘는 상식이 된 말이었다. 그 실례를 보자. 성종 10년(1479) 4월 29일 사간원 대사간 성현成俔 등은 공조판서 양성지梁誠之와 참판 신정申瀞(신숙주의 아들)을 매섭게 비판했다. 신정은 본디 간사한 소인이며, 아무 능력도 없는 자로서 그 마음은 시정잡배와 같고 사귀는 자는 모두 장사치들로서 오직 사고팔고 홍정하는 일을 통해 재산을 축적했다는 것이다. 그럼에도 그가 실패한 적이 없는 것은, 오직 사람들에게 아첨했기 때문이라 지적했다. 양성지에 대한 비판 역시 매섭다. 그는 무능하여 낭관郞官과 서리들에게도 무시를 당하는 인물로서 역시 신정처럼 탐욕스럽다는 것이다. 그가 이조·공조판서로 있을 때 재물을 탐내어 고약한 구리 냄새(돈 냄새)를 풍기는 인간이란 비난이 있었고, 말과 비단을 뇌물로 받았다는 소문이 자자했다. 성현 등은 양성지가 벼슬한 지 30년이 지났고 나이가 60이 넘었는데도 '환득환실'하고 '시위소찬'하고 있다고 매몰찰 정도로 혹독하게 비판했다. 양성지와 신정은 이 비판을 극력 부정하지 않았다. 아니 할 수 없었을 것이다.

　요즘도 환득환실하고 시위소찬하는 사람들이 있다. 주로 특별한 높은 자리에 계시는 분들이다. 양식 있는 대한민국 사람들이 이구동성 시위소찬하지 말라고, 그만두라 하지만 자리 떠날 줄을 모르고 끝까지 버틴다. 비판의 포화를 받으면서 있는 그 자리가 그렇게 영광스러울까. 비판이 제기될 때 깨끗이 그만두는 것이 자신의 명예를 지키는 유일한 길이건만, 비루한 사람은 그렇게 할 줄을 모른다. 사간원이 정부의 고위 관료를 환득환실과 시위소찬이란 말로 매섭게 비판하던 그때가 조선의 전성기였다. 이런 말조차 사라진 세상이야말로 정말 한심한 세상이 아니겠는가?

옛사람의
소통 방식

옛날이야기 하나. 어떤 마을에 효자 한 사람, 불효자 한 사람이 살았다. 효자는 늘 효자로 칭송을 받았지만, 불효자는 불효막심한 못되어먹은 인간이라 손가락질을 받았다. 고을 원님은 불효자를 불러 혼찌검을 내고는 효자 집에 가서 효행이 무엇인지 배우라 시켰다. 누구의 명이라 거절할까, 불효자는 효자의 집을 찾아가 효행을 관찰했다. 별것이 없었다. 밥상을 차려놓으면 효자는 아버지가 먹기 전에 숟가락으로 밥과 국을 한 숟갈씩 떠서 먹고, 반찬도 하나하나 먹어보는 것이었다. 그런 뒤 효자의 아버지가 들어와 수저를 들었다. 저녁이 되었다. 효자는 아버지의 이부자리를 깔더니 알몸으로 그 속에 들어가 있다가 한참이 지난 뒤 나왔다. 아버지는 뒤에 들어와 그 이부자리에서 잠을 청했다.

불효자는 "효자라 하더니, 별것도 아니구먼" 하고, 집에 돌아와 자신이 보았던 그대로 따라 하기 시작했다. 아버지가 밥을 먹기 전에 숟갈을 들고 밥과 국과 반찬을 먹었다. 아버지는 대로했다. "이놈이, 이제는 아비 밥까지 먼저 처먹는구나! 이 불효막심한 놈!" 불효자는 억울했지만, 다른 레퍼토리가 남았는지라 저녁때까지 기다렸다. 잠자리에 들 시간이 되자, 불효자는 옷을 홀랑 벗고 아버지의 이부자리에 쏙 들어갔다. 얼마 뒤 아버지가 들어오더니, 역시 대로하여 소리를 질렀다. "이놈아, 밥을 빼앗아 먹더니, 이제는 잠자리까지 빼앗느냐? 나가라, 이놈아! 나가!"

불효자는 알몸으로 뛰쳐나가며 한마디 내질렀다. "에이, 씨x, 효도도 손발이 맞아야 해먹지." 효자가 되어보려던 불효자는 그날 이후 다시 불효자로 돌아갔다.

무엇이 문제인가. 원래 효자의 행위에는 아버지가 잡수실 식사가 차갑지는 않은지, 간은 맞는지, 이상한 것이 들어 있지는 않은지 자신이 먼저 챙겨보려는 의도가 있었다. 저녁때 이부자리에 들어간 것도 미리 자신의 체온으로 이부자리를 따스하게 데워놓으려 생각했기 때문이다. 한데 불효자와 불효자의 아버지는 그것을 몰랐다. 코드가 맞지 않았던 것이다.

'사랑한다'는 것은 관념일 뿐이다. 내가 그 관념을 머릿속에만 가지고 있을 때 그것은 사랑이라 할 수 없다. '사랑'이란 관념이 행위로 구체화할 때 비로소 사랑이 된다. 내가 행하는 어떤 행위를 상대방이 사랑으로 해석할 때 비로소 두 사람의 진정한 사랑이 시작되는 것이다. 이것이 가능한 것은 두 사람이 어떤 특정한 행위를 사랑으로 해석하는 사랑의 매뉴얼을 공유하고 있기 때문이다.

조선시대는 '효' 역시 일정한 매뉴얼을 갖고 있었다. 《소학小學》이란 책에는 효가 어떤 행위로 구체화되어야 하는가를 열거하고 있다. 앞서 들었던 효자의 효행 역시 《소학》 등의 책에 뿌리를 두고 있다. 효자의 아버지는 《소학》 등의 텍스트에 근거를 둔 효행의 매뉴얼을 아들과 공유하고 있기에, 아들의 행위를 효행으로 인식했다. 하지만 불효자와 그 아버지는 효행의 매뉴얼을 공유하지 못하고 있었기에 효행을 효행으로 인식하지 못했던 것이다.

나는 여기서 조선시대의 효와 효행에 대해 말하고자 하는 것이 아니다. 오늘날 회사를 비롯한 대부분의 조직은 조직원 사이에 소통이 되지 않아 적지 않은 곤란을 겪는다. 하지만 먼저 생각해보았는가. 상대방의 말을 거부하기 전에 상대방의 내밀한 의도를 해독하는 코드의 매뉴얼이 먼저 마련되어 있는지 말이다. 예컨대 최근 사원 아무개가 전에 하지 않던 말과 행동을 한다면, 그것은 필시 어떤 의미를 담고 있을 것이다. 그 말과 행동을 해독하는 매뉴얼이 평소 확립되어 있다면, 조직 내 소통은 문제될 게 아무것도 없을 것이다. 그 매뉴얼을 어떻게 만드느냐고? 글쎄, 그것이야말로 조직마다 다르지 않겠는가? 그 매뉴얼 만들기를 진지한 문제로 생각하는 것이야말로 소통을 위한 첫걸음이 될 것 같아 보인다.

뜻 모를
'서민'이란 말

　힘 있는 정치가들은 걸핏하면 '서민을 위한 정치'를 하겠다고 호언한다. 과연 그들이 말하는 서민이란 누구인가? 큰 권력을 쥐고 있거나 부동산이나 주식을 잔뜩 갖고 의식주와 자식들의 공부에 아무런 불편을 느끼지 않는 사람을 서민이라 일컫는 것 같지는 않다. 필시 그 반대쪽 사람을 대개 서민이라 부를 것이다. 하지만 그래도 어떤 사람들을 지칭하는지는 여전히 애매하다. 어떤 힘 있는 정당의 무슨 위원장을 맡고 있는 분에 의하면, '못살고 힘든 사람이 서민'이고, '사회 양극화' 때문에 국민의 80%가 서민이라 느끼고 있다면서 그

걸 해소하자는 게 '친서민 정책'이란다. 말이 옆길로 새지만, 양극화를 해소하고, 국민의 절대다수인 80%를 잘살게 하자는 정책은 그 정당이 그토록 미워하는 '좌파'의 정책인 듯해 아주 당혹스럽다. 어쨌거나 좋다. 정말 이해하기 어려운 것은, 양극화 해소를 통해 국민 대부분인 80%의 서민을 잘살게 해주겠다는 말이다. 이 말은 "앞으로 국민을 더욱 잘살게 해주겠습니다"라는 말과 다를 바 없다. 구체성이 결여된 하나 마나 한 소리인 셈이다.

정치에서 '서민'을 위한 정치를 한다고 야단이다. 그런데 서민이란 말을 정확하게 이해하고 있는지 의문이다. 서민은 '많은 백성'이란 뜻이다. 그 이상의 뜻을 찾기 어렵다. 즉 구체성이 없다는 말이다. 한데 상식적으로 생각해보건대 서민이 돈 많고 권세 있는 사람일 것 같지는 않다. 곧 몇 십, 몇 백 억의 재산을 가지고 있거나, 연봉 몇 억 이상 소득이 높고 안정된 직장을 가진 사람이 아닌 것은 분명하다. 그렇다 해서 사람들이 겁을 내는, 휘두를 만한 권력을 가진 사람도 아닐 터이다. 이런 전차로 서민은 분명 직장에서 잘린 실업자거나, 언제 잘릴지 몰라 안절부절하는 직장인이거나, 불평등에 몸서리치는 비정규직이거나, 재개발로 살 곳을 잃고 쫓겨난 사람이거나, 자식들 교육비 때문에 가슴이 까맣게 타들어가는 부모들일 터이다.

이런 사람들을 한마디로 줄여 표현한다면, '노동자'가 가장 가까울 지금 대한민국에서 노동자를 제외하고 서민이라 할 사람이 얼마나 될 것인가? 그렇다면, 애매한 그리고 중세적 분위기가 물씬 풍기는 서민이란 말 대신 노동자라고 분명히 밝히고, '친서민 정책' 대신 '친노동자 정책'을 펼치는 것이 훨씬 알아듣기 쉽고, 구체성이 있지 않겠는가? 하지만 '노동자', '노동운동' 등은 정치하는 사람들이 입에 올리기 싫어하는 어휘가 된 것 같다. 이상도 하다. 구체성 있고 알아듣기 쉬운 말은 입에 올리기 싫어하고, 뜻도 애매한 어휘를 즐겨 사용하니 말이다.

사실 서민이라고 말할 필요가 전혀 없다. 서민의 대부분은 노동자다. 예컨대 파견 근로자, 일용직 노동자, 중소기업체의 저임금을 받는 노동자, 대기업의 비정규직 노동자, 남성과 동일한 노동을 하고도 급료를 훨씬 적게 받는 여성 노동자, 시간강사, 임시교사 등이 바로 그들이다. 작은 가게를 하는 소상공인도 포함될 것이다. 친서민 정책이란 것은 별게 아니다. 예컨대 그들의 노동에 정당한 대가를 지불하는, '저임금 문제'를 해소하는 정책을 만들고 실천하는 것이다. 내가 몸담고 있는 대학의 경우, 시간강사에게 강의료를 정직하게 올려주는 것이 친서민 정책이다. 수십 년 동안 예산이 없다는 평계를 대었으면 이제 충분하지 않은가.

서민이란 말이 우리가 쉽게 알 수 있는 구체적 대상을 지시하지 않는다면, 친서민 정책 역시 겉만 번지레한 공언에 지나지 않을 것이다. 영조 때의 실학자 성호 이익李瀷은 〈재용財用이 넉넉하면 절약하기 어렵다用裕難節〉라는 글에서 이런 말을 하고 있다. "서민은 가난하고 천한 사람이다. 오직 가난을 겪고 천한 처지에서 살아본 사람만이 백성의 고통스러운 삶을 이해할 수 있다. 저 높은 자리에 있으면서 부유하게 사는 사람은 알 수가 없는 것이다." 친서민 정책 운운하시는 분들, 먼저 성호 선생의 이 말씀을 곱씹어보시고, 서민이란 말의 구체성에 대해 보다 절실하게 궁리하시기를 바란다.

사족. 서민이란 말이 나온 김에 옛이야기를 하나 덧붙여본다. 대학에서 학생들에게 한문법을 가르칠 때면 꼭 드는 문장이 여럿 있다. '庶民子來'라는 문장도 그중 하나다. 이 문장에서 주어는 '庶民'(서민)이고, 술어는 '來'다. 그럼 '子'의 문장성분은 무엇인가? 학생들에게 물어보지만, 이제 막 한문 공부에 입문한 까닭에 답이 나오지 않는다. '子'는 부사다. 그래서 전체 문장의 뜻은 '서민이 자식처럼 왔다'가 된다. 서민이 자식처럼 오다니, 이게 무슨 말인가? 문장의 내용으로 옮겨가 보자.

'庶民子來'란 문장의 원출전은 《시경》 대아大雅 〈영대靈臺〉다. 한데 이 구절은 《맹자》의 〈양혜왕장〉의 맨 앞부분에 인용되어 더 유명해졌다. 양梁나라 혜왕이 새와 사슴을 놓아기르는 자기 전용 동산(요즘으로 치면 사냥터까지 포함한 거대한 정원이다)의 연못가에 있다가 맹자를 접견하고는 묻는다. "어진 사람도 이런 동산에서 새와 사슴을 보고 즐거워합니까?" 그러자 맹자는 "어진 사람이라야 이런 것을 즐길 수 있고, 어질지 못한 인간은 이런 것이 있어도 즐기지 못한다"고 답한다. 어진 사람 운운은 전쟁 벌일 생각일랑 하지 말고, 백성들 살림살이를 생각하는 인품이 거룩한 임금이 좀 되어보라는 말이다.

그러면서 《시경》의 한 구절 〈영대〉를 인용한 것이다. 유가에서 성인으로 치는 주나라 문왕은 멋있는 동산을 하나 짓기로 한다. 높은 관망대, 곧 영대도 만들고, 넓은 연못도 파고, 새와 사슴도 기르려 한다. 공사를 시작하자, 백성들은 자기 아버지 일을 돕는 자식처럼 새까맣게 몰려와 비지땀을 쏟으며 땅을 파고 건물을 짓는다. 이 사람들아, 몸 다칠라, 쉬었다 좀 천천히 하소, 문왕이 말려보지만, 웬걸 더욱 손을 재게 놀려 며칠 안 가 동산이 완성된다. 이것이 〈영대〉의 내용이다.

한데 백성들이 왜 왕의 동산을 만드는 데 이토록 열심이었던가? 그 동산은 이름이야 왕의 것이었지만, 백성들도 마음대로 드나들며 이용하고 즐길 수 있는, 사실상 백성, 곧 '서민'의 동산이었기 때문이다. 지금 우리는 문왕의 영대를 이용하고 즐기는 서민인가, 아니면 정치가들의 빈말에서만 존재하는 서민인가, 참으로 궁금한 일이다.

교양인 정조의
측은지심

1793년 어느 날 경연經筵에서의 일이다. 곡식 5만 포包를 보내달라는 제주목사의 요청을 어떻게 처리할 것인가가 문제가 되었다. 전라관찰사는 전라도 일대에 저축해둔 곡식이 많이 줄어들었고, 또 제주도는 호구가 3만 호밖에 안 되니, 5만 포의 절반만 보내주면 된다고 보고해왔다. 정조는 "저 섬의 굶어 부황이 든 백성들이 밤낮 먹여주기만을 바라고 있는데, 만약 반을 줄여 주라고 한다는 소식을 들으면 어찌 실망하지 않겠는가. 하지만 바닷가 고을의 형편도 전라도에서 아뢴 바와 같으니, 제주도 백성 때문에 전라도 바닷가 고을에 해를 끼칠 수도 없다. 도신道臣(관찰사)이 올린 보고서대로 3만 포를 빨리 실어 보내도록 하라. 나머지는 내탕고의 돈을 내어 주겠다." 5만 포를 다 보내되, 전라도 바닷가 고을에 피해를 끼칠 수 없으니, 임금의 개인 재산(내탕고)에서 돈을 내어 2만 포를 보충해주겠다는 것이다.

이렇게 기민 구제에 대한 대책을 강구하노라니 어느덧 새벽 4시다. 이러다가는 밤을 꼬박 새울 판이라, 신하 한 사람이 잠자리에 들기를 청했더니 정조의 말인즉 이렇다. "아침에 전라감사의 보고서를 보았는데, 제주에 기근이 들었다고 알려와 나리포창羅里浦倉의 곡식을 배로 실어 보내는 일이 있었다고 하였다. 굶주린 섬 백성들이 먹여주기를 기다리는 것이 너무나도 불쌍해 잠시도 잊을 수가 없다."

굶주리는 백성을 생각하고는 잠을 이루지 못한다. 이것이 아마도 제대로 된 왕의 자세일 것이다. 여기에만 그치는 것도 아니다. "곡식을 꾸리고 배에 실어 나르는 바닷가 백성들은 또 무슨 죄가 있단 말인가. 시퍼런 바닷물에 배를 타고 노를 젓는 그 수고로움이 눈에 삼삼하여 절로 눈을 붙일 수가 없구나." 제주도의 굶주린 백성에게 곡식을 가져다주려면 전라도 해안가 백성들이 또 시퍼런 파도를 노를 저어 건너야 한다. 그 백성들의 고생이 눈에 삼삼하여 왕은 절로 눈을 붙일 수가 없다.

측은지심이 가득한 왕은 곡식을 실어 보낼 때마다 처마 끝에 혹 바람 소리라도 스치면, 한밤중에도 불을 켜라 하고 아침 해가 뜰 때까지 잠을 자지 않고 기다린다. 잠을 이룰 수 없는 이유를 그는 다시 밝힌다. "백성이 굶주리면 나도 굶주리고, 백성이 배가 부르면 나도 배가 부르다. 저 섬의 수만 명 백성들이 천 리 먼 곳에서 자신들을 먹여주기를 바라고 있고, 또 몇 백 명 뱃사람이 멀리 깊은 바다를 건너간다. 이런 때 한 줄기 바람, 한 방울 비라도 고르지 않으면 내가 아무리 편히 잠들고 싶어도 어떻게 잠이 들 수 있겠는가? 도신과 수령들이 나의 이런 마음을 헤아린다면 섬 백성들도 따라서 살아날 것이다."

정조의 이 말이 입에 발린 말은 아니다. 《홍재전서弘齋全書》와 《정조실록》을 읽어보면, 그는 유가의 이상에 부합하는 선정을 베풀려고 안간힘을 썼던 것을 알 수 있다. 예컨대 버려진 유아와 떠도는 고아를 부모를 찾을 때까지 보호하거나 양부모를 구해주려는 법령(《자휼전칙字恤典則》)을 제정해 실행하는가 하면, 죄수에게 악형을 금하는 법(《흠휼전칙欽恤典則》)을 만들기도 하였다. 도망 노비 추쇄를 금지하는가 하면, 신해통공辛亥通共으로 소상인의 이익을 보호했다. 물론 그가 소수의 토지 독점과 벌열의 권력 독점과 같은 당시 조선의 최대의 문제는 해결할 수 없었지만(정조가 이 문제를 몰랐던 것은 아니다. 예리하게 인지하고 있었지만 그의 능력으로는 해결할 수가 없었다), 자기가 처한 상황 속에서 나름 최대한 선정을 베풀려 했던 것은 부정할 수 없다.

정조는 왕이다. 그의 행동과 사유에는 마키아벨리즘도 언뜻언뜻 비친다. 게다가 그는 보수적인 사람이었다. 흔히 정조의 개혁을 말하지만, 그 개혁은 어디까지나 보수적 성격의 것이다. 하지만 정조는 경전과 역사, 문학에 정통한 당대 최고의 독서인이자 교양인이었다. 곧 교양 있는 합리적 보수주의자였던 것이다. 그가 백성에 대해 가졌던 한없이 깊은 측은지심도 바로 유교의 교양에서 출발한 것일 터이다.

지금은 전제군주가 다스리는 세상이 아니라, 국민이 정치 지도자를 선출하는 세상이다. 이 점에서 세상은 확실히 진보했다. 하지만 국민이 선출한 정치 지도자가 정조와 같은 독서인이자 교양인인 것은 아니다. 그들이 하는 정치의 바탕에 인간에 대한 연민과 동정, 곧 측은지심이 조금이라도 있는지조차 의심스럽다. 입만 벙긋하면 역사와 국가를 들먹이고 백년대계 운운하지만, 글쎄 그것이 국민을 진정 배려한 것인지는 더더욱 알 길이 없다.

날이면 날마다 신문에 등장하는 정치인들의 거창하고 거룩한 이야기에 가슴이 답답하던 차에 《홍재전서》의 〈일득록日得錄〉을 읽고서 이렇게 적어본다. 앞으로 정치에 뜻을 두신 분들은 어디 〈일득록〉부터 한번 읽어보시는 것이 어떨지? (이 글에서 한 이야기는 모두 《홍재전서》 〈일득록〉에 나오는 것이다.)

충청도 관찰사
이명식의 생각

어느 날 정조는 충청도 관찰사를 지낸 이명식李命植에게 충청도를 다스린 적이 있으니, 충청도의 문제점을 익히 알 것이라면서 말하고 싶은 바가 있느냐고 묻는다. 이명식의 답은 이러하다.

소소한 폐막이야 일일이 거론하기 어렵습니다만, 대체로 충청도의 백성은 거개 밭을 갈지도 않고 베를 짜지도 않는, 농사꾼도 아니고 장사꾼도 아닌 부류들입니다. 농사꾼도, 장사꾼도 아니기에 생업이 없어 흉년을 만나면 굶주림과 추위에 염치를 완전히 팽개쳐 하지 못하는 짓이 없고, 서로 그런 짓을 본받아 풍습이 된 지 오랩니다. 인심이 맑지 아니한 것이 오로지 여기에서 비롯되니, 정말 딱한 일입니다. 하지만 한 사람 한 사람마다 입을 것, 먹을 것을 주면서 살릴 수도 없습니다. 제산制産하는 방도(쉽게 말해 스스로 입을 것, 먹을 것을 만들어내는 방도)를 마련해주어서 그 생업을 잃지 않게 하는 것이 가장 좋은 길입니다.

충청도 백성들이 농사꾼도 아니고, 장사꾼도 아니란 말은 무슨 말인가. 충청도 양반이란 말이 있듯 충청도 사람은 대부분 사족士族이란 뜻이다. 이들은 대부분 과거에 매달려 관직을 얻기를 희망한다. 하지만 그 과거라는 것이, 관직이란 것이 서울의 소수 양반의 독점물이니, 그들에게 차례가 돌아갈 리 만무하다. 그러니 흉년이 들어 굶주리게 되면 염치 따윌랑 팽개치고 하지 못하는 짓이 없게 된다. 어떻게 할 것인가. 이명식은 이들에게 제산의 방도를 마련해주자고 한다.

이어지는 질문은 당연한 것이었다. 정조는 제산하는 방도는 어떻게 마련하면 좋겠느냐고 묻는다. 이명식은 또 이렇게 답한다.

사·농·공·상이 곧 사민四民인데, 우리나라는 단지 문벌門閥만 높이 치므로 농·공·상의 이름을 얻게 되면 자손에 이르기까지 영원토록 그 이름은 누가 됩니다. 때문에 호서 지방의 백성들은 거지반 사족으로서 가난과 곤궁으로 인해 굶어 죽을 지경에 이를지라도 농사꾼이

나 공장이나, 장사꾼이 되지 않으려 합니다. 보통 백성의 부류까지 모두 이런 풍조를 따르니 한 도의 백성 중 3분의 2가 모두 이런 무리입니다. 이들은 하는 일 없이 그냥 놀고먹으며, 일정한 생업이랄 것이 없습니다. 지금 만약 법을 정해 빈궁한 사족들은 농사꾼이나 공장이, 장사꾼이 된다 하더라도 그 자손에게 조금도 누가 미치지 않게 해준다면, 이 무리들은 반드시 모두 즐거이 농사꾼이 되고 장사꾼이 되고자 할 것입니다. 이른바 사족들이 모두 이와 같다면, 보통 백성들도 또한 변할 것이니, 이와 같다면 백성들은 생업을 잃어 한탄하는 일이 없어질 것이고, 제산의 방도도 아마도 마련된 것입니다.

사족이 농사를 짓거나 수공업자가 되거나 장사꾼이 되도록 길을 열어주되, 그로 인해 자손들을 비사족非士族으로 취급하는 일이 없게 하자는 것이다. 정조는 다시 묻는다. "정말 경의 말처럼 하면 크게 변화하는 효과가 있을까?" 이명식은 단언한다. "법령을 제정해 사족들을 알아듣게 타이르면 어찌 그들이 따르지 않을 리가 있겠습니까?"

《승정원일기》 정조 3년(1779) 8월 25일조의 한 대목이다. 과연 이명식의 말은 실천되었던가? 아니었다. 구체적 실천 방안이라고는 없는, 그냥 해본 소리일 뿐이었다. 양반이 농사를 지어도, 수공업자가 되어도, 장사꾼이 되어도 그 자손을 차별하지 않겠다는 법을 제정하기만 하면 일거에 문제가 해결된다는 식의 발상은 그야말로 '순진무식'한 발상이 아니고 무엇이겠는가? 문제는 사족이 지배층이라는 사실, 과거가 사족 체제를 유지하는 결정적 수단이라는 데서 발생하고 있었다. 여기에 대한 근본적 반성이 없는 한 이명식의 발언은 듣기 좋은 꽃노래일 뿐이었다.

15년 전의 일이다. 학생들을 데리고 가을에 충청도로 답사를 갔다. 충청북도에 있는 아무 대학의 아무 교수님은 대학원 다닐 때부터 막역하게 지내던 사이라 간다고 연락했더니, 한달음에 달려 나와 그곳에 살지 않은 사람이면 결코 모를 곳까지 학생들을 친절하게 안내해준다. 그날 저녁 숙소에서 오랜만에 밀린 이야기를 풀어놓게 되었는데, 자신이 있는 곳 학생들 정원 문제로 고민이라는 것이다. 그 교수님의 이야기인즉 곧 대학 입학생이 줄어들어 대학의 정원이 수험생보다 많아지는 사태가 도래할 것이라 하였다. 그러면서 이 문제를 교육부에서는 진작부터 알고 있었다고 하였다. 교육부에서는 이제 와서 대학 정원을 줄이라고 야단이다. 그렇다면 이 문제를 알고 있던 그 옛날에는 왜 가만히 있었던가. 부실대학이라고 하는 대학은 왜 마구잡이로 인가해주었던가. 언제나 선진화니 발전이니 하는 거룩한 말로 포장한 정책은 사실 따져보면 미봉책이요 주먹구구일 뿐이다. 근본에 대한 깊은 반성이 없는 것이다.

속내를 털어놓자면, 오늘날 대한민국 관료들이 내세우는 개혁은 개혁일 수 없고, 단지 그들이 권력을 가지고 있음을 확인하는 절차에 불과한 것으로 보인다. 대한민국의 '조정 관료'들은 이명식과 얼마나 떨어져 있는지 의문이 아닐 수 없다.

꼽추의 나무 심기

그는 구루병에 걸려 등이 낙타 등처럼 불쑥 솟아났기에 사람들은
그를 '낙타'라고 불렀다. 꼽추라는 의미의 별명이 듣기 싫었을 텐데
그는 "나를 낙타라고 부른다면, 정말 맞는 말이지" 하고, 자신을 스
스로 낙타라 일컬었다. 성이 곽邦이었기에 '곽낙타'가 그의 이름이
되었다.

곽낙타의 직업은 나무 심기였다. 당나라 서울 장안의 부자들은 꽃
과 나무를 감상하기 위해, 과실 농사를 짓는 사람은 풍성한 수확을
위해, 곽낙타를 불러 자기 나무를 길러달라고 부탁하였다. 곽낙타는

요구대로 나무를 심어주기도 하고, 옮겨주기도 하였다. 그가 손을 댄 나무는 어느 하나 가릴 것 없이 모두 쑥쑥 자라 화사한 꽃을 피우고 탐스러운 열매를 맺었다. 동업자들이 흉내를 내어보았지만, 결코 곽낙타의 경지에는 이를 수 없었다.

어느 날 누군가가 비결을 묻자, 곽낙타의 답인즉 이러하였다.

"따로 무슨 비결이 있는 것은 아닙니다. 나무가 타고난 성질대로 길러주는 것일 뿐이지요. 나무의 성질이란, 뿌리는 뻗어나가기를 바라고, 북돋움은 고르게 해주기를 바라고, 흙은 오래된 흙을 바라고, 다져주는 것은 단단히 해주기를 바라지요. 이렇게 해주었다면, 움직이게 하지 말고, 나무가 죽을까 염려도 하지 말고, 나무를 두고 떠난 뒤 다시 돌아보지 말아야 합니다. 심을 때는 자식처럼 돌보지만, 그냥 둘 때는 마치 버린 듯이 해야 한다는 것이지요. 그러면 나무는 천성대로 자라나게 됩니다. 나는 나무가 자라는 것을 해치지 않을 뿐입니다. 달리 무슨 무성하게 자라도록 하는 방법이 있는 것이 아니지요.

다른 사람을 보면 내가 하는 것과는 크게 다릅니다. 뿌리는 오그라들고, 흙은 바뀌고, 북돋는 것은 너무 지나치지 않으면 아주 모자랍니다. 또 너무 엉뚱한 경우도 있는데, 지나칠 정도로 나무를 사랑하고, 지나칠 정도로 걱정하여 해가 뜨면 가서 보고, 해가 지면 어루만집니다. 심한 경우, 손톱으로 나무껍질을 긁어 살았는지 말랐는지 확인하고, 뿌리를 흔들어 흙에 단단히 박혀 있는지 살펴봅니다. 나무의 천성은 날이 갈수록 망가지지요. 나무를 사랑한다지만, 사실은 해치는 일이요, 나무를 걱정한다지만, 사실은 원수로 여기는 것이지요. 그러기에 내가 돌본 나무만 못한 것입니다. 내가 달리 무슨 일을 할 수가 있었단 말입니까?"

질문을 던졌던 사람이 곽낙타에게 나무 심는 방법이 혹 관리가 백성을 다스리는 데도 적용될 수 있느냐고 다시 물었다. 곽낙타는 자기 일이 아니라 잘 모르지만, 고향에서 관리들이 백성을 다스리는 것은 보았다며 이렇게 답하였다.

"관리들은 명령을 번거롭게 내리는 것을 좋아하는데, 얼핏 보면 백성을 사랑하는 것 같지만, 끝내는 화를 끼쳤지요. 아침저녁으로 관리들이 찾아와 '빨리 밭을 갈아라, 곡식을 거두어라, 실을 뽑아라, 베를 짜라, 아이를 사랑하고, 개와 닭을 키워라' 하며 북을 울리고 목탁을 쳐서 백성들을 불러댑니다. 힘없는 백성들은 밥숟갈을 던지고 달려가 그들을 위로하기 바쁩니다. 어느 겨를에 농사를 지어 편히 살 수가 있겠습니까? 병들고 게을러질 뿐이지요. 내가 말한 나무 심기와 다를 바 없는 이치지요."

1천 2백 년 전 당나라 문인 유종원柳宗元이 지은 〈종수곽탁타전種樹郭橐駝傳〉을 풀어쓴 것이다(橐駝는 낙타란 뜻이다). 유종원은 곽낙타의 입을 빌려 정치의 도리에 대해 말하고자 한 것 같다. 왜냐하면 질문을 던졌던 사람의 다음 한마디가 마지막에 붙어 있기 때문이다. "나무 심는 방법을 물어 백성을 기르는 방법을 배웠다."

유종원보다 9백 년 뒤에 태어난 조선의 성호 이익은《성호사설星湖
僿說》에서 이렇게 말하고 있다.

사람은 각자 슬기로움과 힘이 있다. 밭을 갈아 밥을 먹고, 우물을
파서 물을 마시면서 자기 삶을 넉넉히 살아나갈 방도를 마련하는 것
이다. 2, 3년 홍수가 나고 가뭄이 든다 하더라도 본디 먼 앞날을 생각
하고 먹을 것을 쌓아놓았기 때문에 그것에 의지해 살아갈 방도가 있
는 것이다. 어떻게 살던 곳을 떠나 골짜기에 뒹구는 시신이 되기까지
야 하겠는가?

내가 시골에서 의식衣食이 넉넉한 사람을 보았더니, 때를 잃지 않고
농사를 지었고, 이득을 보기 위한 계획이 아주 치밀하여 흉년도 그를
해칠 수 없었다. 이른바 "백성의 목숨은 부지런함에 매였고, 부지런하
면 의식이 부족하지 않다"는 경우였다. 이치가 이런데도 죽음을 면치
못하는 것은, 모두 학정虐政에 시달린 나머지 살 수가 없게 되었기 때
문이다.

백성들은 타고난 슬기로움과 힘이 있다. 그들이 그 슬기로움과 힘
을 발휘하도록 내버려두어라. 그러면 그들은 스스로 의식을 풍족하
게 마련하여 살아간다. 국가 관료가 백성보다 똑똑한 것은 아니다.
그들이 지시하고 명령하고 간섭할 수 있는 것은, 오직 그들이 국가권
력을 쥐고 있기 때문일 뿐이고, 그들이 그리하는 것은 백성을 착취하

기 위해서일 뿐이다. 성호의 말은 사실상 유종원의 말이다.

❀

1천 2백 년 뒤의 나는 〈종수곽탁타전〉에 한마디를 덧붙인다. 이것은 백성들 다스리는 데만 적용되지 않을 것이다. 인간을 억압하지 않고 천성대로, 소질대로 길러주는 것이 교육이다. 한데 지금 대한민국의 교육이 교육이라 할 수 있겠는가?

정자산鄭子産의
수레

　《논어》에 이따금 공자의 인물평이 나온다. 원칙에 엄격했던 분이
니 그 평가는 믿음성이 있다. 예컨대 정鄭나라 자산子産이란 인물을
보자. 자산은 춘추시대란 난세에 탁월한 외교적 수완으로 정나라를
보존하는 데 중요한 역할을 담당했다고 알려진 인물이다. 공자도 자
산이 정나라의 외교문서를 최종적으로 윤색한, 외교에 능력이 있던
사람이라 밝히고 있다(《논어》〈헌문憲問〉). 물론 자산은 국내 정치에도
탁월한 능력을 발휘했다. 그 정치의 골자는 백성에 대한 사랑이다.
공자는 이렇게 평가한다. "자산은 군자의 도道 네 가지를 갖추고 있

었으니, 몸가짐이 공손하였고, 윗사람을 섬기는 것이 공경스러웠고, 백성을 기름이 은혜로웠으며, 백성을 부림이 의로웠다."(《논어》〈공야장公冶長〉) 백성을 기름이 은혜로웠고, 백성을 부림이 의로웠다는 것은 그가 당시 여느 통치자와는 달리 백성을 착취의 대상으로 보지 않고, 사랑하는 대상으로 보았다는 말이다. 이런 자산을 두고, 자산의 인물됨을 묻는 어떤 사람에게 공자는 한마디로 '은혜로운 사람'이라 답하고 있다.

한데 공자 사상의 계승자인 맹자는 그 '은혜롭다'는 말에 꼬투리를 단다. 《맹자》〈이루장離婁章〉에 실린 자산에 대한 맹자의 평가를 소개하면 다음과 같다. 자산이 정나라의 정치를 맡고 있을 때의 일이다. 정나라에는 진수溱水와 유수洧水라는 강이 있다. 강 너머로 가려는 사람들은 늘 옷을 걷고 맨발로 강을 건널 수밖에 없었다. 어느 날 자산은 그 광경을 보고 딱히 여기고는 자기가 타는 수레에 사람을 태워 강을 건네주었다. 요즘으로 치면 나라의 고위 관리가 무명의 국민에게 관용차를 한번 태워준 셈이다.

어떻게 보면 미담일 수 있는 이 이야기에 대한 맹자의 평가는 은근히 차갑다. "은혜롭기는 하지만 정치를 제대로 할 줄 모르는 것이다." '은혜로운 자산'이란 공자 이래의 평가에 대해 맹자는 비판적이었던 것이다. 왜인가. 맹자는 정치가 개인이 백성을 수레에 태워주는 것은 정치가의 도리가 아니라 생각하기 때문이다. 맹자는 이렇게 말한다. "11월에 도강徒杠이 완성되고, 12월에 여량輿梁이 이루어지면,

백성들이 강을 건너는 것을 고통으로 여기지 않는다." 도강은 사람이 도보로 건너는 널빤지로 만든 작은 다리고, 여량은 수레가 건너다닐 수 있는 규모가 큰 다리다. 11월과 12월에 다리가 이루어지는 것은, 이때가 되어야 농사일이 끝나 백성들을 다리 공사에 동원할 수 있기 때문이다. 이때 다리를 놓아야만 백성들이 얼음이 언 차가운 강을 옷을 걷고 건너는 고통을 면할 수 있다. 다리를 놓는 것은 제대로 된 정치, 곧 왕정이 해야 할 일 중 하나다.

맹자는 정치가 자신이 백성 개인에게 베푸는 은혜의 이면에 놓인 문제를 예리하게 파고들었다. "그래, 그것은 은혜로운 일이기는 하다. 하지만 그보다 중요한 것은 백성들에게 다리를 놓아주는 것이 아닐까?" 하여, 맹자는 이렇게 결론을 내린다. "군자가 제대로 된 정치를 한다면, 길을 갈 때 행인을 물리치고 가도 무방하다. 어찌 사람 사람마다 모두 강물을 건네줄 수 있겠는가? 이 때문에 군자가 사람 사람마다 모두 기쁘게 해주려면 날마다 그렇게 해도 모자랄 것이다."

대통령이 포장마차에서 어묵을 사 먹고, 기초생활수급자의 사연을 듣고 눈물을 흘렸다는 기사를 보았다. 기사를 보자 뜬금없이 정자산의 수레가 떠올랐다. 개인의 딱한 사연을 듣고 흘리는 눈물과 돕고자 하는 마음의 진정성은 의심할 수 없다. 하지만 정치가의 임무란 그런 사연이 애당초 들리지 않도록 그들이 생활고를 건널 다리를 놓아주는 것이다. 지금의 정치가 과연 그 다리를 놓고 있다고 말할 수 있을 것인가. 그렇다고 쉽게 확언할 수 없다. 만약 사대강을 파는 비용을 복지에 쏟아붓는다면 모를까. 아니 그런가.

지방 차별이란
병의 뿌리를
아시는가

《영조실록》에 나오는 이야기다. 어느 날 영조는 이조판서 정휘량
鄭翬良과 참판 남태제南泰齊를 불러 이렇게 말한다. "비와 이슬은 땅을
가리지 않고 내린다. 임금은 이런 하늘의 이치를 본받아 정치를 행해
야 하는 법이다. 벼슬이란 것이 어찌 경화京華(서울)의 문벌가만 하는
것이겠는가? 지금부터 오직 재능이 있는 사람이면 등용해야 할 것이
다. 먼 지방 사람이라고 차별하지 말라."

하늘은 어떤 땅에도 비와 이슬을 공평하게 내린다. 임금은 모름지
기 이런 공평한 하늘의 뜻을 본받아 정치를 해야 한다. 벼슬 역시 서

울의 문벌가문 출신만 하는 것이 아니다. 재능이 있는 자라면 서울 사람, 지방 사람 구별하지 말고 공평하게 등용해야 한다. 누구나 공감할 말이지만, 현실이 딴판이기에 영조가 굳이 이런 이야기를 꺼낸 것이다.

조선시대를 양반 관료 사회라고 한다. 양반 관료가 그 사회의 지배계급이고, 관료가 최고의 가치가 되는 세상이란 뜻이다. 좀 더 풀어서 말하자면, 요즘 세상은 돈을 최고로 치지만, 조선시대는 벼슬을 하는 것, 곧 관료가 되는 것을 최고로 쳤다는 말이다. 하지만 모든 사람이 벼슬길에 나아갈 수 있는 것은 아니었다. 천민과 여성이 먼저 제외되었다. 그 외에는 제한을 두지 않는 듯이 보였지만, 속내는 그렇지 않았다. 양민 남성 이상이면 누구나 과거를 칠 수 있는 것이 원칙이었지만, 양민들은 실제 과거 공부를 할 시간적 경제적 여력이 없어 과거에 응시할 수 없었다. 결국 양반 남성만이 과거를 통해 그 좋다는 벼슬을 할 수 있었던 셈이다. 그런데 여기에도 제한이 따랐다.

임진왜란과 병자호란을 중심으로 하여 그 이전 시기, 곧 조선전기에는 양반들이 출신지에 상관없이 벼슬길에 나아갈 수 있었다. 전라도에 살건, 경상도에 살건, 강원도에 살건 누구나 능력이 있으면 높은 벼슬을 할 수 있었던 것이다. 하지만 조선후기가 되면 사정이 달라진다. 인조 때부터 서울에 사는 양반들이 벼슬을 독점하는 경향이 생기기 시작했고, 숙종대를 거치면서 서울 양반이 아닌 지방 양반들은 벼슬에 나아갈 수 없었다. 서울을 제외한 지방 양반은 시골뜨기

취급을 받아 서울 양반의 조롱거리가 되었다. 급기야 영조 때가 되면 노른자위 벼슬은 극소수 서울 문벌가에서 대를 이어 차지하는 소유물이 되고 만다. 서울 양반이 아니면 양반도 양반이 아니다. 이게 영조의 발언이 나온 배경이다.

이조吏曹는 문관의 인사이동, 발령을 관장하는 관청이다. 정휘량은 판서, 남태제는 참판이니 요즘으로 치면 장관과 차관이다. 가장 높은 자리인 셈이다. 그런데 이들의 답이 가관이다. "신이 만약 경화의 자제들을 먼저 등용하지 않으면 온 세상이 깜짝 놀랄 것입니다."(남태제) 서울 문벌가의 자식들을 좋은 벼슬자리에 먼저 임명하지 않으면 온 세상이 충격을 받는단다. "시골 사람이 벼슬자리에 있으면 불미스러운 일이 많아지니, 서울 문벌가 자제들만 못합니다."(정휘량) 시골 양반이 벼슬을 하면 불미스러운 일이 많아지니, 세련된 서울 양반가 자제들만 못한단다. 이런 한심한 발언에 영조는 대꾸를 않고, 먼 지방 양반 중 오랫동안 벼슬을 못하고 있는 사람의 명단을 따로 문서로 작성해 올리라 명한다. 하지만 사정은 조선이 망할 때까지 전혀 변하지 않았다.

이따금 '서울에서 사는 사람'과 서울에서 만날 때가 있다. 모두 많이 배우신 분들이다. 박사학위는 기본이고 이름만 들면 다 아는 명문대학에 자리 잡고 계신 분들이다. 훌륭한 분들이라 대화를 나누면 배우는 것이 많다. 하지만 그분들의 말속에는 언제나 가시가 있다. '지방'에 대한 무시다. 그것도 대놓고 무시하는 것이 아니다. '무시'는 어휘에 묻어 있고 행간에 배어 있다. 그러니 무어라 꼬집어 말하기도 어렵다. 그런데 그분들 역시 원래 서울에서 나고 자란 분들이 아니다. 대부분 지방에서 고등학교까지 나온, 원래 '지방민'이다. 언제부터인가 그분들은 거룩한 '서울 사람'이 되어 '지방 것'들을 무시하는 것이다. 더 가관은 그분들은 학문의 세계, 곧 논문과 저술의 세계에서는 그런 차별을 날선 어조로 비판해마지않는다는 것이다. 이 모순을 어떻게 이해해야 하는가.

곰곰 생각해보면 정휘량과 남태제의 발언에는 오늘날 대한민국의 이른바 '지방'이 앓고 있는 모든 병의 뿌리가 고스란히 담겨 있다. 그 병은 3백 년도 넘어 정말 지긋지긋할 정도로 묵은 병이다. 지금 내가 살고 있는 부산의 낙후성은 이루 말할 수 없을 정도다. 돈과 권력과 문화는 서울에 집중되었고, 부산은 그야말로 쪽정이에 불과하다. 안정된 일자리가 턱없이 부족한 것은 물론이고, 시민의 생활, 문화, 교육 모든 게 너무나 열악하다. 굳이 말을 할 필요조차 없다.

선거 때마다 국회의원, 시장을 뽑지만 그들은 모두 서울 사람이다. 그들은 지방에서 출마할 뿐이지 이미 지방 사람은 아니다. 어떻게 해야 할지 해답은 자명하지 않은가.

봄날
복숭아꽃 아래서
열었던 잔치

짤막한 산문 한 편을 읽어보자.

천지는 만물이 쉬었다 가는 여관이요, 시간은 백대百代를 잠시 지나가는 길손이다. 덧없는 인생 꿈과 같으니, 즐거움 누린들 얼마나 누릴런고? 옛사람 촛불 밝히고 밤을 새워 논 것은 진정 그럴 만한 이유가 있었노라.

화창한 봄날은 아지랑이 피워 나를 부르고, 대지는 나에게 아름다운 무늬를 펼쳐 보이노라. 복숭아꽃 자두나무꽃 활짝 핀 아름다운 동산에 모여, 형제들끼리 즐거운 잔치를 열었더니, 여러 아우 모두들 빼어난 사혜련謝惠連이 되었건만, 내가 노래하고 읊조림은 강락康樂*에 부끄럽다.

그윽한 감상이 채 끝이 나지 않고, 고담준론은 더욱더 맑아진다. 고운 자리 펼쳐 꽃 앞에 앉고, 술잔을 재게 돌려 달빛 아래서 취하니, 아름다운 시가 없다면 멋스러운 정취를 어떻게 펼칠까 보냐? 만약 시를 짓지 못한다면, 벌주는 금곡金谷**의 술잔 수를 따르리라.

夫天地者, 萬物之逆旅; 光陰者, 百代之過客. 而浮生若夢, 爲歡幾何? 古人秉燭夜遊, 良有以也. 況陽春召我以煙景, 大塊假我以文章. 會桃李之芳園, 序天倫之樂事. 群季俊秀, 皆爲惠連, 吾人詠歌獨慚康樂. 幽賞未已, 高談轉淸. 開瓊筵以坐花, 飛羽觴而醉月, 不有佳作, 何伸雅懷? 如詩不成, 罰依金谷酒數.

이백李白의 〈춘야연도리원서春夜宴桃李園序〉다. 《이태백전집》 등에는 〈춘야연종제도화원서春夜宴從弟桃花園序〉, 곧 '어느 봄날 밤 사촌 동

─────────────

■강락은 동진東晉 때의 시인 사령운謝靈運이다. 강락후康樂侯에 봉해졌기 때문에 '강락'이라 한 것이다. 그는 빼어난 시인이었지만, 자신의 족제族弟로 문학적 재능이 뛰어난 사혜련을 몹시 아꼈다. 이백은 잔치에 참여한 여러 아우들이 사혜련처럼 출중한 문학적 재능을 가졌건만, 자신은 사령운 같은 훌륭한 사람이 못 되어 부끄럽다고 말하고 있다.
■■금곡은 서진西晉 때의 전설적인 부자 석숭石崇의 동산이다. 석숭은 금곡에서 잔치를 베풀고 시를 짓지 못한 사람에게는 벌주 세 말을 마시게 했다고 한다. 금곡의 술잔 수를 따른다는 것은, 곧 많은 양의 술을 마시게 하겠다는 뜻이다.

생의 도화원에서 잔치를 열고 지은 서문'이란 뜻의 이름으로 실려 있고, 《고문진보古文眞寶》 등에는 '춘야연도리원서'란 제목으로 실려 널리 알려졌다. 내용은 간단하다. 이백은 어느 봄날 밤 사촌 동생의 복사꽃 핀 정원에서 형제들과 어울려 술을 마시고, 시를 짓는다. 그 모임의 유쾌함을 잊지 못하고, 그는 한 편의 짧은 산문을 쓴다. 다만 이 모임이 언제 있었는지, 누가 참여했는지, 사촌의 이름과 그 정원이 어디에 있었는지는 《이태백전집》에 전혀 기록되어 있지 않다. 그렇다 해서, 이 산문의 값이 떨어지는 것은 아니다. 도리어 그 사실과 정보를 넘어선 곳에 사람을 울리는 그 무엇이 있다.

117자의 짧은 산문은 천수백 년의 시간을 뛰어넘어 삶의 정곡을 찌른다. 문장은 대담하게 "천지는 만물이 쉬었다 가는 여관이요, 시간은 백대百代를 잠시 지나가는 길손이다"라고 시작한다. 우리가 감각하는 천지라는 공간은 만물이 잠시 머물다 떠나는 여관과 같은 공간일 뿐이고, 우리가 누리는 시간 역시 영원 속에 잠시 머물다 떠나는 길손의 시간에 불과하다. 인간은 자신이 체험하는 공간과 시간이 무한하고 영원한 것이라 믿지만, 이 문장의 첫 구절은 그것이 도리어 제한적이며 찰나적이라 직설한다.

그러기에 생은 꿈처럼 허망하다. 중년을 지나면, 유년 시절 그렇게도 길었던 1년이 화롯불에 떨어지는 눈송이처럼 녹아 사라진다. 그러던 어느 날 잠에 들어 깊은 꿈을 꾼다. 한 줄기 빛도 남아 있지 않은 새까만 공간에는 어떤 소리도 들리지 않는다. 몸을 움직인들 아무

것도 감촉할 수 없다. 소리를 지를 수도 없다. 나는 의식 없는 물질이 되었고, 그래서 세상은 사라졌다. 아니, 세상이 사라진 것조차 알 수 없다. 경험이 대뇌에 축적했던 모든 지식과 이미지, 사랑하던 집착했던 증오했던 사람들과 사건이 남김없이 소멸된다. 설령 나를 기억하는 사람이 있다 할지라도, 나는 그가 나를 기억한다는 사실을 알 수 없으며, 그 사람의 기억 역시 사라질 것이다. 나에 대한 언어가 남아 있다 한들, 그 언어가 빚어내는 형상이 나인 것도 아니다. 이토록 짧고 덧없는, 그리고 우연에 의해 이 세상에 출현한 생에 어떤 절대적이고 궁극적인 목적이 있을런가. 있다고 주장하는 사람은 아마 종교의 맹신자일 것이다. 맹신자의 말은 신뢰할 수 없다.

이럴진대 도대체 어떤 확실하고 거룩한 목적이 있어, 유한한 삶의 즐거움을 빼앗을 수 있단 말인가. 이백은 그래서 말한다. 오직 살아 생전 즐거움을 누리라고. 옛사람이 촛불을 밝히고 밤새도록 놀았던 데에는 정말 그럴 만한 이유가 있었노라고. 생의 유한성에서 오는 덧없음, 그리고 그에 근거한 즐거움의 추구가 이 짧은 산문의 주제다.

이 주제는 동서고금을 막론하고 널리 변주된다. 조선조의 어떤 가객은 다음과 같이 노래하였다.

노세, 노세, 매양 장식 노세, 낮도 놀고 밤도 노세.
벽 위에 그린 황계 수탉이 뒷나래 탁탁 치며 긴 목을 드리워서 홰홰 쳐서 울도록 노세.

인생이 아침 이슬이라 아니 놀고 어이하리.

생이란 해가 뜨면 순식간에 사라지고 마는 풀끝에 맺힌 이슬이다. 이 유한한 인생에 아니 놀고 어쩌하겠는가.

생의 유한성을 자각하고 오직 현재를 즐기자는 발상은 서정시에 흔히 나타나는 바, 이를 '카르페 디엠carpe diem' 모티프라 한다. '오늘을 잡아라'란 뜻의 이 라틴어 시구(호라티우스의 것)는 가능할 때 즐기라는 뜻으로 흔히 이해된다. 유종호에 의하면 '카르페 디엠'은 삶의 덧없음과 죽음의 불가피성을 인정할 때 언뜻 떠오르는 감회이기에 옛 그리스나 로마 문학뿐 아니라, 동서고금 모든 문학에 편재하는 모티프이다.■ 예컨대 페르시아의 오마르 하이얌Omar Khayyām(1048~1123)이 남긴 시들을 보자.

행여나 삶의 비결 찾을까 하고,
초라한 술 항아리 입술을 찾네.
입술에 입술 대고 속삭이는 항아리
"마셔라, 살아생전, 한번 가면 못 오리라."

이런 노력, 저런 논쟁, 시간을 낭비 말라.

■ 유종호, 《시란 무엇인가》, 민음사, 1995년, 206면.

부질없는 추구야 허망하기 짝이 없다.
쓴맛 나는 열매 먹고 슬픔 참느니
잘 익은 포도주로 즐거워하라. [■]

어떤가. 한번 떠나면 이 세상에 다시 돌아오지 못한다. 그러니 오늘 잘 익은 포도주를 마시며 즐길 일이다.

하지만 노는 것은 타기의 대상이다. 이는 타당한 생각인가. 타기의 대상이 되는 까닭은 놀이를 일, 곧 노동과 대립시키기 때문이다. 노동이 신성하다는 생각이 널리 퍼져 있다. 물론 그렇다. 일을 해서 인간은 구복을 채우고 생명을 유지한다. 그러기에 노동이 더할 수 없이 거룩한 것이다. 하지만 그렇다 해서 노는 것이 일하는 것과 대립하지는 않는다. 놀이는 노동과 짝을 이루는 창조적 행위다. 인간은 노동의 생산물로 목숨을 이어가고, 놀이에서 즐거움을 찾는다. 물론 생의 가장 이상적인 경지는 일하는 것과 노는 것이 결합된 경지, 곧 놀이가 노동이 되고, 노동이 놀이가 되는 경지다. 하지만 우리는 그 낙원의 경지를 상실한 지 오래다.

'노동-놀이'의 짝 저편에는 쉼이 있다. 노동과 놀이는 에너지를 소모한다. 다시 일하거나 놀기 위해서는 에너지의 재충전이 필요하다. 곧 쉬는 시간을 가져야 한다. 따라서 휴식과 놀이는 엄격하게 구

<hr>

■ 이상옥 옮김, E. 피츠제럴드, 《루바이야트》, 민음사, 1975년.

분되어야 하고, 노는 것과 게으른 것도 역시 구분되어야 한다. 타기의 대상이 되어야 할 것은 게으름이다. 게으름은 일하는 것도, 노는 것도, 쉬는 것도 아니다. 죽기 전까지 생의 존속을 위해 필요한 최소한의 노동도 하지 않는 것이 게으름이다. 게으름은 다른 사람의 생산에 빌붙어 살고자 하는 무책임의 표본이다. 게으름은 추방되어야 한다. 한데, 어쩐 일인가. 노는 것을 게으름과 동일시하고 죄악시하는 착각은 진실처럼 퍼져 있다. 아마도 거기에는 어떤 불순한 의도, 곧 인간을 쉼 없이 일하게 하고, 그 생산의 결과물을 빼앗으려는 의도가 숨겨져 있을 것이다. 스스로 창조적으로 일하고 노는 사람은 타인에게 박제된 노동만을 강요하지 않는다.

널리 알려진 이야기 하나. 콜럼버스가 서인도제도를 발견한 뒤 서양인들은 땅을 빼앗아 플랜테이션을 하고 원주민을 잡아다 일을 시켰다. 하지만 아무도 일하려 들지 않는다. 하루에 얼마를 더 일하면 그에 따라 돈을 더 주겠노라 유혹했지만 그래도 일하려 들지 않았다. 강요된 일을 하기보다 차라리 스스로 죽어가는 원주민도 있었다. 원주민은 필요 이상의 노동을 해야 할 때 필연적으로 초래되는 부자유를 견디지 못했던 것이다. 서구의 식민주의자들은 도무지 이해할 수 없었다. 왜 돈을 더 벌 수 있는데 일을 하지 않는 것인지. 그들은 최소한의 노동을 통해 입고 먹을 것을 해결하고 나면, 남은 시간을 즐겁게 놀며 보내는 원주민의 삶의 방식과 세계관을 결코 이해할 수 없었다.

아마도 노는 것을 은폐한 '신성한 노동'이란 구호는 산업화 이후 부르주아가 발명한 것일지도 모른다. 산업화 이후 진정으로 노는 것은 가뭇없이 사라졌기 때문이다. 현재 이 땅의 삶은 남자와 여자가 모두 일해야 한다. 두 가지 세 가지 직업을 가져도 결코 풍요롭지 않다. 일하는 시간은 가혹할 정도로 길다. 원하지 않는 기나긴 노동을 위해 쉬어야 마땅한 날, '레저'란 말로 포장된 산업자본에 노동으로 번 돈을 다시 바치는 행위, 이것이 오늘날의 노는 방식이다. 생각해보라, 번듯하게 놀자면 돈 없이는 불가능한 세상이 되지 않았는가. 20세기 이후 노는 것은 노는 것이 아니라, 쉬어야만 하는 날 '놀아지는' 행사가 되었다. 생의 유한성을 생각해볼 때, 인생 대부분을 차지해야 마땅한 '노는 일'이 배제된 삶은 진정한 삶이 아니다.

다시 〈춘야연도리원서〉로 돌아가자. 이 짧은 산문은 생의 유한성에서 출발하여 인간의 삶은 덧없는 것이기에 도리어 즐거움으로 가득 차야 한다고 말한다. 어느 봄날 저녁, 따스한 바람이 살갗에 와 일렁인다. 아지랑이가 피어오르는 산과 들에 복숭아나무, 자두나무가 화사한 꽃을 피우자, 그 꽃 아래 고운 자리를 펼치고 형제를 불러 모은다. 밤이 되자 달빛이 내려앉은 술잔을 주고받는다. 형제들과 유쾌하게 이야기를 나누고 시를 짓는다. 시를 짓지 않으면 술잔을 더 기울이면 그만이다.

따스한 바람과 아지랑이 피어오른 산과 들, 복숭아꽃과 자두나무 꽃, 달빛은 자연과의 교감이다. 술과 담소는 사람들끼리의 어울림이다. 이 교감에서 오는 가장 고양된 형태의 즐거움은 시를 짓는 것이다. 시작詩作은 자연과 인간의 교감, 어울림에서 유래한 즐거움의 억누를 수 없는 자발적 표현이고, 한편 근대 이후의 노는 것과 근대 이전의 노는 것을 결정적으로 구분하는 지점이 된다. 이백이 지은 한시는 문자를 아는 자들의 고상한 표현 수단이겠지만, 그것 역시 수없이 많은 시의 한 형태일 뿐이었다. 민중들은 시 대신 노래를 불렀고, 노래는 시와 분리되지 않았다. 노래가 곧 시였다. 예컨대 조선시대 민중들은 노래로 시를 짓는다.

오늘이 오늘이소서. 매일이 오늘이소서.
저물지도 마시고 새지도 마시고
매양 주야장상晝夜長常에 오늘이소서.

늘 즐거운 오늘이 계속되기를 바라는 진솔한 염원이다.

오늘날 시는 면허를 받은 전문가의 전유물이 되어, 보통 사람들은 시를 지을 수 없게 되었다. 노래 역시 전문가가 지은 노래를 소비할 뿐이다. 인간에게 깊이 내면화된, 일하지 않으면 안 된다는 절박함은 급기야 주체적으로 자율적으로 자연과 교감하고 인간과 어울리며 노는 방법마저 박탈해버린 것이다.

이 유한한 덧없는 생에 그저 일만 하다, 돈만 벌다, 경쟁만 하다가
죽어 사라질 것인가. 조선시대의 무명 가객은 〈춘야연도리원서〉를
이렇게 변주했다.

　　　　오늘이 무삼 날고? 일 년에 하루로다.
　　　　백 년을 다 살아야 백날을 즐기려니,
　　　　백 년을 살동말동 하니 아니 놀고 어이하리.

　　이처럼 노래를 지어 부르며 주체적으로 노는 일의 회복이야말로
우리 생의 정말 중요한 일이 아니겠는가? 어떤가?

셋

왕들의 나라

조선시대 한문학을 전공하다 보니, 조선시대 문헌을 읽는 것이 날마다의 일이다. 《조선왕조실록》 역시 자주 들춰보는 문헌 중 하나다. 왕을 중심으로 하여 쓰인 《실록》이니, 왕이 등장하지 않는 날이 없다. 물론 왕을 연구하기 위해 《실록》을 읽는 것이 아니기에 왕 자체가 관심의 대상이 되는 경우는 거의 없다. 그래도 자꾸 읽다 보면, 왕의 인간 됨됨이가 눈에 들어오지 않을 수 없다. 한데, 나의 독서 경험으로는 조선시대 왕이란 극소수의 예외를 제외하면 대개 별 볼 일 없는 인간들이다. 머리가 좋은 것도, 공부를 많이 한 것도, 인격이 훌륭한 것도, 정치적 능력이 탁월한 것도 아니다. 어쩌다 왕의 자식으로 혹은 왕과 가장 가까운 피를 갖고 태어나 왕이 되었을 뿐이다.

사대부의 견제가 있다고 하지만, 왕은 조선시대 최고의 권력이다. 왕의 말 한마디에 청명 하늘에 갑자기 피바람이 몰아쳐 조정 관료들의 목숨이 초개처럼 날아가고, 그 가족과 친구들 역시 곤장을 맞고 귀양길에 오르기도 하고, 때로는 노비가 되기도 한다. 목숨을 잃는 경우도 적지 않다. 왕의 비호 아래 죽을 목숨이 살아나는 경우도 있고, 잃었던 권력을 찾아 호사를 누리는 경우도 있다. 이렇듯 엄청난 권력이지만 그것이 대다수의 백성, 즉 상것이나 종놈의 행복을 위해 작용했던 경우란 별로, 아니 거의 없는 것 같다. 백성의 입장에서는 어떤 자가 왕이 되어도 달라질 바가 없는 것이다.

왕위에서 쫓겨난 사람도 있다. 연산군과 광해군이 그들이다. 쫓겨난 왕은 아무런 위세가 없다. 초라한 몰골의 범부凡夫일 뿐이다. 그러니 그가 휘둘렀던 절대 권력은 원래 그가 타고난 것이 아니라, 그에게 일정 기간 부착되어 있던 것일 뿐이다. 권력은 '왕'이란 제도 자체에 있는 것이다.

왕은 사라졌다. 영국이나 일본, 태국과 같은 입헌군주국도 남아 있지만, 상징적 존재일 뿐이다. 동의를 얻지 않은 권력으로서의 왕은 이제 과거의 유물인 것이다. 하지만 왕정의 본질까지 에누리 없이 사라진 것인가. 우리가 경험한 대부분의 대통령을 예로 들어보자. 민주적 절차, 곧 선거를 거쳐 선출되면 임기 동안 그는 왕과 진배없는 권력을 휘두른다. 대통령은 국가와 국민을 권력적으로 통제하는 거창하고 정교하고 전면적인 권력을 한 손에 쥐고 있다. 헌법에 보장된 권력을 가지고도 그는 얼마든지 자신의 의지를 일방적으로 관철시킬 수 있다. 그 의지의 속내가 자신의 사익이거나 혹은 극소수의 이익을 위한 것이고, 대다수 국민을 고통의 구렁텅이에 몰아넣는 것이라 할지라도 어떻게 막을 도리가 없다.

대통령만이 아니다. 국가권력에 근거를 둔 의회권력, 정부권력, 사법권력이 모두 동일하다. 선출되거나 선출되지 않거나 국가권력에 근거를 둔 모든 권력은 국민을 향해 일방적으로 작동할 뿐, 제어되지도 않고 반성하지도 않는다. 이뿐만이 아니다. 나의 직장이 대학이니 내가 이제까지 경험한 대학의 경우를 들어본다. 총장은 대학 내부에서 절대 권력이다. 아니, 전제군주다. 교육부의 눈치나 좀 볼까, 그가 하는 행위는 학내에서 견제당하지 않는다. 결과에 대해서 책임지지도 않는다. 학생, 교수, 직원 누구도 견제하거나 제지할 수 없다. 어떤 합리적 비판도 묵살하면 그만이다. 오직 임기가 끝나기를 기다릴 뿐이다.

또 한 걸음 더 나아가자면, 어디 대학만 그럴까 하는 생각이 든다. 대기업은 어떤가. 방송국, 신문사는 또 어떤가. 수많은 사람의 삶을 쥐고 흔드는 왕은 권력의 집중이 제도화된 곳이면 어디나 있다. 집중된 권력을 쥐는 사람은 대부분의 경우 자질이나 인격, 능력은 갖추지 못하거나 덜 갖추었으되, 권력에 대한 욕망만은 보통 사람보다 서너

갑절 강력한 사람이다. 그는 권력을 잡기 위해 저열한 수단과 교활한 방법을 마다하지 않는다. 한데 의아한 것은 우리 자신이다. 우리는 제도화된 권력의 집중을 이 세상 생겨날 때부터 그런 것이라 믿어 의심치 않고 있는 것이다. 우리의 이런 신념을 근거로 삼아 곳곳에서 왕들이 일방적 권력을 휘두르는 나라가 대한민국이다.

선거가 없는 해, 선거를 앞두지 않은 해는 없다. 선거를 계기로 하여 곳곳에서 왕이 존재하는 상황, 곧 제도화한 집중된 권력이 편재遍在한 상황이 정당한 것인지 발본적으로 생각해볼 필요가 있지 않을까? 다산은 〈탕론湯論〉에서 다섯 집안이 인장隣長을 뽑고, 다섯 인隣이 이장里長을 뽑고, 다섯 이里가 현장縣長을 뽑고, 다섯 현縣이 제후諸侯를 뽑고, 다섯 제후가 천자天子를 뽑는 나라를 상상했다. 만약 각 단위의 장들이 제 역할을 하지 못하면, 그를 끌어내려 원래의 자리로 돌아오게 했다. '장長'은 특권적 자리일 수 없고 다만 추천을 받아 임시로 일을 하는 자리일 뿐이었다. 곧 다산은 민중의 의지에 따라 권력을 집중시켰다가 다시 민중의 의지에 따라 권력을 박탈하는 정치를 상상했던 것이다. 매년 치러지는 선거를 볼 때마다 문득문득 〈탕론〉이 떠올라 부질없는 생각을 해본다.

대한민국
최고의 권부

　새해 들어 오랜만에 어릴 적 친구 서넛을 만나 막걸리를 한잔하면서 세상 돌아가는 이야기를 하였다. 친구 중 누가 가장 출세를 했느냐, 돈을 많이 벌었느냐 하는 실없는 소리를 늘어놓던 끝에 누가 가장 힘이 센 자리에 올랐느냐는 소리가 나왔고, 이어 우리나라에서 가장 큰 권력을 가진 기관(혹은 사람)은 어딘가 하는 이야기까지 나왔다.

　답은 구구각색이었다. 누구는 대통령이라고 하였다. 대통령이 가장 큰 권력이라는 것은, 신문과 방송을 보면 즉각 알 수 있기 때문에 이의가 없었다. 하지만 대통령은 5년이면 그만이다. 권력을 행사할 기간이 제한되어 있다는 반론이 나왔다. 군대를 드는 친구도 있었다. 끔찍했던 군부독재는 차치하고서라도 대한민국의 젊은 남자들을 2년가량 붙들어두니, 그렇게 강력한 힘을 가진 곳이 어디 있겠느냐는 말이었다. 그러나 그 권력은 20대 초반의 남성에게만 제한적으로 행사될 뿐이라는 반론이 있었다. 이어 누군가는 예전의 중앙정보부를 들었고, 누군가는 요즘의 재벌을 들었다. 그 역시 그럴 법하였지만, 권력 행사의 범위가 포괄적이고 직접적이어야 한다는 점에서 모두 최고의 권부라고 부르기에는 하자가 있다는 반론에 부닥쳤다.

이렇게 갑론을박하는데, 중학교 선생님으로 있는 친구가 전혀 다른 이야기를 꺼냈다. 말인즉 대한민국 최고의 권부는 교육부라는 것이다. 모두 뜨악해하자, 그 친구가 나름의 이유를 들었다. 무엇보다 교육부는 정책의 포괄 범위가 굉장히 넓다, 곧 유치원부터 대학교까지가 교육부의 정책 대상이라는 것이다. 하기야 그렇다. 적어도 6세부터 23세까지(만약 대학원 박사까지 마친다면 30대 이상까지) 대한민국 국민은 교육부로부터 벗어날 수 없다. 친구는 교육부의 영향력이 매우 직접적이라는 사실도 덧붙였다. 예컨대 교육부가 대학 입학 제도를 바꾸면 초·중·고등학생이 즉시 반응한다는 것이다. 그는 논술을 대학 입시에 도입하자, 초등학생까지 논술 학원에 다니는 일이 벌어졌던 사실을 상기시켰다.

대학을 졸업하면 그만인가. 그것도 아니란다. 결혼을 하고 자식을 낳으면 그 아이가 대학을 졸업할 때까지 '교육'으로 진저리를 친다는

것이다. 요컨대 남자건 여자건, 가난하건 부유하건, 서울이건 경상도
건, 대한민국 사람이라면 평생 교육부 정책의 영향력, 다시 말해 교
육부가 행사하는 권력의 영향력에서 벗어날 수 없으니, 교육부야말
로 대한민국 최고의 권부라는 말이었다.

　친구는 끝으로 한마디 덧붙였다. 자신이 보기에 대한민국 학생과
학부모는 군대 훈련소의 신병 같다 했다. 교육부가 대학 입시 제도를
좌로 바꾸면 학생과 학부모는 좌로 구르고, 우로 바꾸면 우로 구르
며, 일어나라 하면 일어나고, 앉으라 하면 앉으니, 이야말로 아무것
도 모르는 얼뜨기 신병 훈련시키기와 다를 바가 없지 않느냐는 것이
다. 친구들은 그 말에 모두 박장대소를 하였다.

　정말 모를 일이다. 교육부가 하는 일은 교육을 잘해보자는 것일 터
이고, 또 그 교육은 인간을 무지에서 해방시키고 궁극적으로 인간에
게 행복을 가져다주는 것일 터인데, 왜 대한민국 국민들은 교육 때문
에 이토록 고통을 겪어야 하는가. 왜 대한민국 교육부는 한 해가 멀
다 하고 대학 입시 제도를 비롯한 교육제도를 바꾸는 것인가. 참으로
알 수 없는 일이다.

　그 친구는 내게 '교육부'를 한번 연구해보라고 권했다. 도대체 어
떤 계급의, 어떤 지방 출신의, 어떤 학교를 졸업한, 어느 나라에서 유
학한 사람들이 어떤 의도에서 교육정책을 세우고, 제도를 만들었는

지, 그 정책과 제도는 성공했는지 실패했는지, 그 이유는 무엇인지를 알고 싶다고 했다. 하지만 내가 연구할 수 있는 것이 아님은 물론이다. 대신 젊고 패기 있는 교육학 전공자가 있다면, 대한민국 최고의 권부를 연구해보시라 권하고 싶다.

홍길동의
호부호형

달빛이 유난히 밝은 밤이었다. 홍길동은 책을 읽다 한숨을 내리 쉬었다. "대장부가 세상에 나서 공명을 이루지 못하면 차라리 병법을 배워 대장인大將印을 허리에 차고 동정서벌東征西伐하여 나라에 큰 공을 세우고 이름을 만세에 빛냄이 대장부의 쾌사라. 나는 어찌하여 일신이 적막하고 부형父兄이 있으되 호부호형呼父呼兄을 못하니, 심장이 터질 것 같구나. 어찌 통한한 일이 아니리오." 알다시피 홍길동은 서자다. 서자는《경국대전經國大典》한품서용조限品敍用條에 의해 아무리 능력이 출중해도 높은 벼슬자리에 오르지 못한다. 포부를 펼 수 없다. 하지만 그것은 그래도 약과다. 가장 억울한 것은 아버지를 아버지라, 형을 형이라 부르지 못하는 것이다. 아비가 있지만 동시에 아비가 없는 자, 희한하게도 그것이 서자의 운명이다.

마음이 답답하여 책을 덮고 뒤뜰로 나갔다. 홍길동의 아버지 홍판서 역시 쏟아지는 달빛에 마음이 동해 뒤뜰로 나갔다가 우두커니 달을 보고 서 있는 홍길동을 발견하였다. "잠은 자지 않고 무얼 하는 게냐?" 홍길동의 답인즉 마음이 울울하고 답답하여 나왔단다. 이유를 짐작하지만, 짐짓 왜냐고 물었다. 그러자 길동은 "소인이 평생 서러운 바는 대감의 혈육으로 당당한 남자가 되었으니 부생모육지은父生母育之恩이 깊삽거늘 그 부친을 부친이라 못하고 형을 형이라 못하오니 어찌 사람이라 하오리까?" 한다.

보다시피 홍길동은 아버지를 '대감'이라 부르고 자신은 '소인'이라 부른다. 이게 말이나 되는가. 홍판서 말이 궁하다. "재상가 천생賤生이 비단 너뿐이 아니거늘, 네 어찌 방자함이 이 같으뇨? 차후 다시 이런 말이 있으면 용서치 못하리라." 아버지를 아버지라 부르지 못하는 이유를 물었는데, 홍판서는 너만 그런 것이 아니라고 입막음을 하고, 그런 곤란한 것은 다시 묻지 말란다.

홍판서는 왜 답이 궁색했던가. 다른 이유가 없다. 자신이 아내 외의 다른 여자와 성관계를 가졌기 때문이다. 조선의 지배층인 사족들은 성리학을 국가 이념으로 삼았다. 성리학은 윤리적으로 완전한 인간이 되는 것을 목표로 삼고 있었다. 하지만 사족들은 남성으로서의 욕망을 포기할 수 없었다. 아내 외의 여성과의 성관계는 묵인되었고 어떤 경우 사나이다움으로 평가되기도 하였다. 관청의 계집종, 기생과 성관계를 갖는 것은 결코 비난받는 일이 아니었다. 하지만 거기서 태어난 자식은 문제가 되었다. 그 계집종과 기생의 자식은 적자嫡子의 정통성을 따지는 유교적 가부장제를 위협할 수 있다. 그래서 자식을 자식으로 여기지 않고, 자신을 아비라 부르지 말게 한 것이다. 그들 역시 이것이 말이 되지 않는다는 것을 알고 있었지만, 고치고 싶은 생각은 또 없었다. 잔인한 모순은 조선조 5백 년 동안 지속되었다.

홍길동이 아비를 아비라 부르지 못한 데에는 유교적 가부장제의 권력이 작동하고 있었다. 권력은 걸핏하면 원래 이름을 원래 이름대로 부르지 못하게 한다. 진秦나라 때 환관으로 권세를 한 손에 틀어쥐었던 조고趙高는 이세황제 앞에서 사슴을 말이라고 하였고, 이세황제는 무슨 허황된 소리냐고 다른 신하들에게 물었다. 조고의 위세에 눌린 자들은 모두 사슴이 아니라 말이라고 답했다. 조고의 권력 때문인 줄은 모르고 멍청한 황제는 자신의 정신이 이상해진 것이라 생각했다.

공자는 위衛나라 임금이 등용해 정치를 하게 해준다면, 무엇을 가장 먼저 하고 싶으냐고 묻는 자로子路의 말에 "반드시 이름을 바로 잡겠다必也正名!"고 답한다. 공자는 왜 이름을 바로 잡겠다고 말한 것일까? 위나라 세자 괴외蒯聵는 어머니 남자南子가 음란한 것이 너무나도 부끄러워 죽이고 싶었지만, 실행할 수가 없어 외국으로 달아났다. 위나라 임금 영공靈公이 죽자 남자는 괴외의 아들 첩輒을 임금으로 삼아 괴외의 입국을 저지하게 하였다. 자식이 어미를 죽이고자 하였으니, 어미를 어미로 부른 것이 아니었다. 임금 자리를 탐한 자식이 아비의 귀국을 막았으니, 아비를 아비로 부른 것이 아니었다. 다산은 《논어고금주論語古今註》에서 공자가 제나라 경공景公에게 "임금은 임금답고, 신하는 신하답고, 아버지는 아버지답고, 자식은 자식다워야 한다"라고 했던 말을 인용하면서 공자의 정명正名은 바로 아버지가 아버지답게 행동하고, 그럴 때 당연히 아버지를 아버지라 부르는 것을 뜻한다고 하였다.

세상이 희한하여 원래 말이 그 뜻을 잃고 엉뚱한 말로 바뀌어 불린다. 지록위마指鹿爲馬의 권세가 오늘날도 통한다. 아버지는 아버지, 형은 형이라 불러야 정상이다. 또 사슴은 사슴, 말은 말이라 불러야 정상이다. 하지만 요즘 쥐를 쥐라 부르지 못하고, 닭을 닭이라 표현하지 못하고, 고양이를 고양이라 부르지 못하는 경우도 더러 있는 것 같다. 홍길동이 아비를 아비라 부르지 못했던 것은 옛 소설 속의 이야기가 아닌 것이다.

유우춘의 해금

《발해고渤海考》의 저자 유득공柳得恭은 이덕무李德懋, 박제가朴齊家와 함께 서파 출신이었기에 대단한 출세는 할 수 없었지만, 당대 최고의 지식인이었다. 정조의 인정을 받아 규장각에서 검서관檢書官을 지내기도 하였다.

유득공이 살았던 18세기 후반 서울은 꽤나 음악적인 분위기가 감돌았다. 여기에는 다소 엉뚱한 이유도 있다고 한다. 재미 삼아 써본다. 반세기 넘도록 왕위에 있었던 영조는 재위 기간 내내 금주령을 유지했다. 백성들이 먹을 곡식도 부족한데 무슨 술이냐는 말이었다.

민간의 잔치 특히 어버이의 수연壽宴에서 술을 쓸 수 없게 되자, 풍악을 호사스럽게 잡히는 것을 부모를 위한 효성의 표현으로 여기게 되었다. 이것이 음악에 대한 수요를 넓히고 음악을 즐기는 분위기를 조성했다고도 한다. 금주령과 음악의 발달이라, 좀 뜬금없지 않은가?

유득공도 도시의 음악적 분위기에 끌려서인지 악기를 배웠다. 해금이었다. 유득공과 어울리던 이들 중 서상수徐常修란 인물이 있었다. 서상수는 예술품에 대한 감식안이 높았고 또 엄청난 양의 골동품과 서화를 수장한 컬렉터이기도 하였다. 서상수는 유득공, 박제가, 이덕무, 박지원 등 이른바 연암그룹과 주로 어울렸는데, 음악 애호가로서 음악에 대한 깊은 이해도 갖추고 있었다.

어느 날 유득공이 자신이 배운 해금을 켰더니 서상수는 거지의 깡깡이라면서 혹평하였다. 무안해하며 그 이유를 묻는 유득공에게 서상수는 유우춘柳遇春과 호궁기扈宮其 같은 해금의 명인에게서 배우지 않고 어디서 거지의 깡깡이를 배웠느냐고 핀잔을 주었다. 유득공은 창피해 그날로 해금을 싸두고 거들떠보지도 않았다.

유득공은 우연한 기회에 자신의 친척 금대거사琴臺居士(실명 미상)를 통해 유우춘과 만난다. 유우춘은 금대거사의 얼제孼弟였다. 금대거사의 아버지 유운경柳雲卿은 어떤 장군 집의 계집종을 좋아했다. 그 계집종과 유운경 사이에서 아들 둘이 났는데, 어머니가 계집종이니 두 아들의 신분은 종모법從母法에 의해 종이 될 수밖에 없었다. 이후 금대거사는 어렵사리 돈을 마련해 두 아우를 속량贖良시킨다. 첫째는

망건 장수가 되었고, 둘째는 용호영의 군졸이 되어 해금의 명인으로 이름을 날린다. 그가 곧 유우춘이다.

유득공은 금대거사와 함께 유우춘을 찾아가 그의 해금 연주를 듣고 깊은 감동에 잠긴다. 그리고 자신의 해금을 꺼내어 유우춘에게 보이며 거지의 깡깡이란 혹평을 들었다면서 어떻게 하면 그 수준을 면할 수 있겠느냐고 물었다. 유우춘은 모기의 앵앵거리는 소리, 파리의 윙윙하는 소리, 장인들이 물건을 만드느라 내는 소리, 선비가 글 읽는 소리는 모두 밥을 구하는 데 목적이 있는 것이라면서 자신의 해금 역시 노모를 봉양하기 위해 배운 것이라 답한다. 그리고 이렇게 덧붙인다.

나의 해금도 저 거지의 해금과 재료는 꼭 같지요. 말총으로 활을 매고 송진으로 칠을 하여, 현악기도 관악기도 아니고 타는 것도 부는 것도 아니지요. 나는 해금을 배우기 시작하여 3년이 지나 다섯 손가락에 못이 박히자 연주법을 깨달았습니다. 하지만 기량이 나아갈수록 급료는 오르지 않았고, 사람들은 더욱더 몰라줍디다.

그런데 저 거지는 어쩌다 망가진 해금 하나를 얻어 겨우 몇 달 켜본 솜씨로 켜도 사람들이 겹겹이 담장을 이루며 듣고, 곡을 마치고 돌아갈 때면 따르는 사람이 수십 명이지요. 하루에 버는 곡식만 해도 한 말이고, 돈도 한 움큼이나 되지요. 딴 데 이유가 있는 것이 아닙니다. 그 소리를 좋아하는 사람이 많기 때문이지요. 요즘 세상 유우춘의 해금은 온 나라 사람이 다 알아주는 바이지만, 그 이름만 듣고 알 뿐입니다. 나의 연주를 직접 듣고 아는 이 몇이나 되겠습니까?

이어 유우춘은 자신의 연주를 직접 들은 사람들에 대해 말한다. 종친과 대신 등 양반 엘리트들은 음악을 알고 감상하는 것처럼 굴지만 정작 연주를 들으면 졸음에 빠지고, 풍류를 좋아한다는 오입쟁이들 역시 급하고 빠른 연주만 좋아할 뿐이다, 어느 쪽도 예술적 깊이가 있는 음악을 이해하지 못한다. 유우춘이 추구했던 예술의 경지는 대중에게 전혀 이해될 수 없었던 것이다.

유우춘은 그래서 말한다. "예술적 기량이 진보할수록 사람들은 알아주지 않는다." 그의 말은 예술의 진보와 대중과의 관계를 정확하게 찌른다. 예술가가 자신의 예술을 고도로 발전시키면 시킬수록 대중과 멀어지게 된다. 반면 거지의 깡깡이는 사람을 불러 모으고 돈을 벌게 된다.

유우춘은 오직 호궁기와 어울려 해금을 켠다. 한쪽의 연주에 실수가 있으면 돈 한 푼을 내기로 하고 겨루며 하는 연주다. 이 연주가 자신의 마음에 가장 흡족한 연주라고 말한다(서로 돈을 많이 잃어본 적은 없었다고 한다!). 유우춘은 자신을 알아주는 것은 호궁기뿐이지만, 그 호궁기마저 자신의 예술적 기량을 완벽하게 알아주는 것은 아니라 말한다. 유우춘은 끝으로 유득공에게 세상 사람들이 알아주는 것(곧 거지의 깡깡이)을 버리고 도무지 알아주지 않는 자신의 연주를 배우고

자 하는 것은 딱한 일이 아니냐고 되묻는다.

❀

　사람들이 알아주는 예술은 이미 문법에 갇힌 것이다. 진정한 예술
가라면 그 문법을 뛰어넘는다. 하지만 그 문법을 넘는 순간 대중은 이
해하지 못한다. 그러나 예술사의 새 지평을 연 사람들은 그 문법의 틀
을 깨고 넘어섰던 자들이다. 대중의 환호를 받고 그 환호에 기대어 돈
을 벌어들이는 데 자기 예술의 목적을 두는 예술가는 예술가인가, 아
닌가. 유득공은 유우춘이 봉양하던 노모가 죽자 해금 연주를 그만두
었고 자신을 찾아오지도 않았다고 전한다. 그는 "기술이 더욱 높아갈
수록 세상 사람들이 더욱 알아주지 못한다"고 한 유우춘의 말을 곱씹
으며 그것은 해금에만 해당하지 않을 것이라 말한다. 그래, 어디 예술
만 그러랴, 학문도 기예技藝도 그렇지 않은 것이 없으리라.

아파트 한 채의
병원비

엎어지면 코가 닿을 가까운 곳에 큰 병원이 생겼다. 같은 아파트에 사는 연만하신 어떤 분은 이제 이사를 가지 않을 것이라 한다. 좋은 병원이 집 앞에 생겼으니 몸에 급한 탈이 나도 치료받기에 수월하기 때문이란다.

몇 해 전 가족의 병간호 때문에 병원을 들락거린 적이 있었다. 2인용 병실을 같이 쓰던 노년의 그분은 몇 차례 수술을 거친 무릎의 병이 다시 도져서 말 못할 고초를 겪고 있었다. 한데 환자 못지않게 괴로운 사람은 24시간 남편 곁을 떠나지 못하고 병 수발을 드는 할머니였다. 할머니는 평생 술 먹고 속을 썩이던 영감, 이제 병 수발까지 들어야 한다며 신세 한탄을 늘어놓았다. 그중 푸념 삼아 하는 말이 귀에 걸렸다. "저 영감, 평생 모은 재산이라고는 아파트 한 채뿐인데, 그것마저 병원비로 털어먹고 가게 생겼어!" 몇 해를 병원을 집 삼아 지내며 수술에 수술을 거듭하다 보니 치료비가 밑 빠진 독에 물 붓기라, 급기야 아파트를 잡혀 빌린 돈으로 치료비를 대고 있다는 것이었다. 그 말에 뼈저리게 공감하지 않을 수 없었다. 나 역시 비슷한 처지에 있었으니까.

1801년 정약용은 장기현에서 귀양살이를 시작한다. 장기에 도착하고 몇 달 만에 집안에서 기별이 왔는데 의서 수십 권과 약초 한 상자도 있었다. 책이라고는 한 권도 없는 귀양지라 다산은 오직 의서를 보며 시간을 보냈고, 몸이 아플 때도 집에서 보내온 약초로 다스렸다. 그것을 본 다산이 머무는 집의 주인 아들이 어느 날 이렇게 청한다. "장기의 풍속은 병이 나면 무당이 푸닥거리를 합니다. 푸닥거리가 효험이 없으면 뱀을 먹습니다. 뱀도 듣지 않으면 그만이로구나 하고 죽을 뿐이지요. 선생님께서 보고 계시는 책으로 이 깡촌에 은혜를 베풀지 않으시럽니까?" 이 말에 느낀 바 있는 다산은 자신이 가진 의서에서 간단하고 쉬운 처방을 가려 뽑았다. 또 특정한 병에 가장 잘 듣는 약재 하나를 골라 쓰고, 그 밖의 보조가 되는 약재도 4, 5종 덧붙였다. 희귀해서 시골 사람들이 구할 수 없는 약재는 아예 적지 않았다. 다산은 이 책에 《촌병혹치村病或治》란 이름을 붙이고 퍽 만족해한

다. 잘만 쓰면 사람의 목숨을 살릴 수 있을 터이니 세상의 의술의 이치를 모르는, 내용이 뒤죽박죽인 의서와 비교하면 도리어 낮지 않겠느냐는 것이다. 낯선 귀양지에 떨어져서도 시골 사람들의 병을 걱정하여 의서를 엮다니 정말 다산이라는 생각이 든다.

의학은 눈부시게 발전하고 있다. 하지만 의학의 발전이 인간을 질병에서 완전히 해방시킬 수 있을 것 같지는 않다. 인간의 삶의 형태가 달라짐에 따라 새로운 병이 나타나기 때문이다. 예컨대 에이즈는 전에 없던 병이 아닌가. 인간이 질병에서 해방될 수 없는 또 다른 이유도 있다. 근대 이후 의료가 이윤을 추구하는 산업이 됨에 따라 치료비를 지불할 능력이 없는 사람은 발전한 의료 혜택을 받을 수 없기 때문이다. 아무리 좋은 의술과 친절하고 쾌적한 병원이 있다 하더라도 돈이 없으면 병을 앓는 사람에게 해당 사항이 없는 것이다. 집 앞에 생기는 대형 병원을 보고 이사를 가지 않겠노라 말씀하시던 그분은 소문난 알부자다. 병원비 따위는 걱정할 바가 아닌 것이다. 하지만 결코 완쾌되지 않을 병을 다스리기 위해 전 재산인 아파트 한 채를 날리게 되었다는 한탄도 있다. 돈이 병을 고치는 세상이 된 것이다.

다산은 자신이 알고 있는 의술을 남에게 제공하는 데 아무런 대가를 바라지 않았다. 원래 의술의 속성은 그런 것 아니겠는가. 모든 인간은 병들 수 있기에 의술은 원래부터 공유되어야 하고, 거기에 드는 비용 역시 사회가 공동으로 감당해야 할 성질의 것이다. 지금 한국의 의료보험은 바로 이 정신에서 만들어졌다. 한데 요즘 영리 병원을 도입해야 한다는 소리가 심심찮게 들린다. 미국 대통령 오바마가 추진하는 의료제도 개혁이 점차 어려워진다는 소문도 있다. 동료들과 반갑잖은 소식을 두고 이런저런 걱정하는 이야기를 나누다가 우연히 《촌병혹치》의 서문이 떠올랐고, 그 김에 몇 마디 객쩍은 소리를 늘어놓은 것이다. 그나저나 아파트 한 채를 날리게 되었다는 그 할머니와 할아버지는 지금 어디에 기거하시는지 퍽 궁금하다.

손 편지와 우정

널리 알려져 있듯 담헌 홍대용은 1766년 2월 북경에서 엄성嚴誠·반정균潘庭均·육비陸飛와 만나 국경을 초월한 우정을 쌓는다. 담헌의 중국 여행기인 《연기燕記》와 《을병연행록乙丙燕行錄》을 보면, 담헌과 엄성 등은 2월 한 달 동안 단지 일곱 차례 만났을 뿐이다. 만나지 못하는 날은 끊임없이 편지를 주고받았다. 일곱 차례 만남도 필담筆談으로 이루어졌으니, 우정은 말이 아닌 글로 문장으로 쌓은 것이었다.

1766년 4월 11일 담헌은 압록강을 건넜고 5월 2일 고향집으로 돌아왔다. 이후 담헌은 1783년 사망 때까지 18년을 더 살았다. 18년 동안 담헌의 삶을 지배한 것은 엄성·반정균·육비와의 우정이었다. 담헌의 생각은 온통 북경에 쏠려 있었다. 세 중국인 친구는 절강성 항주 출신으로 과거를 치기 위해 북경에 와 있었는데 과거에 불합격하자 모두 항주로 돌아갔다. 담헌이 항주로 편지를 보내기 위해서는 중간에 메신저가 있어야 했다. 북경 매시가媒市街에서 점포를 열고 있던 반정균의 외사촌 형인 서광정徐光庭과 담헌이 북경에서 돌아오는 중 만나 사귄 손유의孫有義가 그 역할을 맡았다. 담헌이 황력재자관皇曆賫咨官이나 동지사冬至使 편에 편지를 보내면, 이들은 서광정과 손유의에게 전했고, 그들은 다시 편지를 항주로 전했다. 반대의 경우도 마찬가지였다.

편지는 더디 갔고 더디 왔다. 동지사가 북경을 갔다 오는 데 6개월이 걸렸다. 또 북경에서 항주까지 가는 데 몇 달이 걸렸다. 따라서 항주에서 다시 답신을 보내면 꼭 같은 시간이 걸렸으니, 아무리 빨라도 1년이 넘어야 받아볼 수 있었다. 그것도 중간에 메신저를 맡은 사람이 아무런 사고가 없어야 했다. 서광정과 손유의가 다른 지방으로 가 있으면, 편지는 사람의 손을 떠돌다 몇 해를 넘겨 전해지기도 하였다. 이렇게 해서 주고받은 편지 중 엄성·반정균·육비 등으로부터 받은 편지는 현재 남아 있지 않지만, 담헌이 보낸 편지는《담헌서》의 '항전척독杭傳尺牘'에 실려 있다. 물론 이 편지도 온전히 전해지는 것은 아니지만, 남은 것만 읽어보아도 담헌과 엄성 등과의 깊은 우정을 확인하기에 충분하다. 담헌은 편지에서 중국의 친구들에 대한 그리움을 절절히 펼쳐내면서 오직 학문과 자기 수양에 힘쓸 것을 권유하고 있다.

담헌은 중국인 친구 중 엄성과 가장 가까웠다. 엄성은 과거에 낙방하자 고향 항주로 돌아갔고 1767년 복건성에서 학질에 걸려 죽었다. 엄성은 병이 위독할 때 담헌이 예전에 선물한 조선 먹과 향을 가슴에 품고 세상을 떠났고, 사람들은 그 먹을 관에 넣어 장례를 치렀다고 한다. 반정균의 편지를 통해 엄성의 죽음을 전해들은 담헌이 비통해 했던 것이야 말해 무엇할까. 담헌은 제문을 지어 손유의에게 보냈고, 손유의는 다시 항주로 전했다. 담헌의 제문이 도착한 날은 엄성의 대상大祥 날이었다. 엄성이 친구의 제문을 기다렸던 것이다.

담헌은 엄성이 너무나 그리웠다. 1769년경 항주로 편지를 보내 엄성의 유고遺稿와 초상화를 보내달라고 청했다. 그리고 오랜 세월이 지난 뒤 1778년 이덕무가 북경에 갔다가 돌아오는 길에 손유의를 만나 항주에서 온 유고와 초상화를 받아온다. 담헌이 부탁하고부터 꼭 10년이 걸린 것이었다.

매일 아침 이메일을 열어본다. 스팸메일이 가득하고, 중간에 더러 소용이 닿는 메일이 있다. 하지만 어떤 경우도 담헌이 엄성 등에게 보냈던, 엄성 등이 담헌에게 보냈던 그런 편지는 없다. 손으로 쓴 편지를 받은 지 얼마나 되었는지 이제 기억도 나지 않는다. 한 자 한 자 쓰면서 친구를, 연인을 그리던 그 시간과 설렘은 이제 깡그리 증발하고 만 것이다.

　엔터키를 치는 순간 나의 이메일이 지구 반대편까지 전해진다. 하지만 그것을 편지라 부를 수 있을까? 그 속도 속에 담헌과 엄성이 나눴던 우정이 있을까? 죽은 친구의 초상을 걸어놓고 그리워하던 그 마음이 있을까? 초가을에 담헌의 편지를 읽는 마음이 무한히 쓸쓸하다.

서울의 귀족들

역사학자인 백승종 선생으로부터 들은 이야기다. 구한말 평안도 출신의 애국지사 한 분이 서울 북촌 양반가를 찾았다. 영향력 있는 아무 대감을 만나 위기에 빠진 나라를 구할 방책을 말하고, 구국운동에 적극 앞장서줄 것을 부탁하기 위해서였다. 그 애국지사는 나라 형편에 대해 두어 시간 열변을 토하고, 대감이 좀 나서주셔야 한다는 간곡한 부탁을 끝으로 일어섰다. 잠자코 듣기만 하던 그 대감님, 애국지사가 떠나자, 헛기침을 캉캉 내뱉고 담뱃대를 땅땅 치며 "이런 고얀, 이런 일이 있을 수가……"라고 장탄식을 한다. 옆에 있던 문객이 이제 대감이 나서실 모양이로구나 여기고 "대감, 나랏일이 정말 큰일입지요" 하고 한마디 거들었더니, 대감의 말인즉 이랬다. "아니, 제 놈들이 뭐라고 나라 걱정을 한단 말이야? 이게 제 놈들 나라야! 무지렁이들이 웬 나라 걱정이야, 이게 제 놈들 나라란 말이야! 나라 꼴이 어쩌다 이렇게 되었나!"

대감에게 조선은 대감님의 나라였으며, 평안도 시골 백성의 것이 아니었다. 시골 백성은 통치의 대상일 뿐이다. 나랏일을 걱정해서도 안 된다. 곧 국가를 자신의 사유물로 생각하는 것, 이것이 조선후기 서울에 살았던 대감님들의 생각이었다.

왜 이런 사태가 빚어졌을까. 성호 이익은 《성호사설》 〈생재生財〉란 글에서 서울의 문벌가문에 대해 이런 말을 한다.

서울의 풍습이 문벌을 숭상하여, 한집안에 높은 벼슬아치가 있으면, 구족九族이 가래와 호미를 내던진다. 노비를 대대로 전하는 법이 있기 때문에 문관도 무관도 아니고, 고조 중조가 아무 벼슬도 하지 않았는데도, 노비를 부리며 편안히 앉아 노비들이 생산한 것을 누린다. 만약 직접 농사를 짓는 사람이 있으면 수군대며 수치스럽게 여기고 서로 혼인도 하지 않는다. 이 때문에 놀고먹는 자가 태반이다. (…) 또 경卿의 아들만 항상 경이 되기에, 벼슬이 높고 출세하는 사람은 가난하고 미천한 집안에서는 나오지 않는다. 그래서 그들은 백성의 가난하고 딱한 사정을 도무지 알지 못하고, 부유한 집안 재산을 그대로 이

어받아 사치와 교만이 날이 갈수록 커져만 간다.

서울에 대대로 살면서 국가의 권력을 장악하고 있는 가문을 벌열閥閱이라 부른다. 그들은 결코 육체노동을 하지 않는다. 육체노동은 수치이기에 농사를 짓는 사람과는 혼인도 하지 않는다. 노비들이 그들의 노동을 대신한다. 한집안에서 고위 관리가 나오면 일가붙이는 일을 하지 않고 그에게 붙어산다. 이들이 대대로 높은 벼슬을 도맡아 하기 때문에 가난하고 미천한 집안에서는 출세하는 사람이 나올 수 없다. 이렇듯 고귀한(?) 삶을 사는 분이라 백성의 가난하고 딱한 사정을 알 리 없다.

이런 양반은 조선후기에 생긴 것이다. 치열한 당쟁의 결과 18세기가 되면 서울의 불과 수십 가문이 정치권력을 장악한다. 그러다 19세기가 되면 그 폭은 더욱 좁아져 열 개 미만의 가문이 국가권력을 독점한다. 국가권력을 사유화한 양반가문의 출현이 조선후기 정치사의 특징이다. 이 글의 서두에 언급한 북촌 대감님 역시 벌열에 의한 국가권력의 사유화로 나타난 인물이다. 그들끼리의 혼인을 통해 폐쇄적 커뮤니티를 형성한 벌열은 사실상 귀족이 되었다고 말할 수 있다.

외교부 장관의 딸이 외교부에 특채된 사건이 문제로 떠오른 적이 있었다. 이내 그와 유사한 사례가 더 있다는 보도도 나왔으나, 이 사건은 어떻게든 마무리되었다. 다만 나는 이 사건에서 국가를 사유화했던 조선시대 서울 귀족들의 모습을 보았다. 우리 사회가 떠받들고 있는 재산과 학벌, 권력, 지역 등의 조건을 중첩하면 어떤 부류가 귀족인지 쉽게 답이 나올 것이다. 그런 귀족에 의한 국가 통치가 시작된 지 오래라는 사실을 정직하게 인식하지 않는 한, 문제는 양태만 달리하여 계속 우리 앞에 나타날 것이다.

사라진
잔치와 동네

큰누이의 셋째가 결혼을 한다기에 경기도 분당까지 먼 걸음을 하였다. 다섯 시간이나 걸려 식장에 도착했지만, 정작 결혼식에 앉아 있던 것은 20분이었다. 늦은 점심을 먹자고 내려간 아래층 식당은 한꺼번에 몰린 하객으로 번잡하기 짝이 없었다. 먹는 둥 마는 둥 식사를 마치고 누이에게 바빠 가야겠노라고 짧은 인사를 건넨 뒤 서둘러 다시 길을 나섰다. 조카의 결혼식이라지만 나는 오직 참석했다는 표시만 내었을 뿐, 그 아이의 결혼을 진심으로 축하할 겨를조차 없었던 것이다. 적어도 축하란 술을 한잔 걸치고 취기가 올라 불그레한 얼굴로 신랑을 불러 어린 시절의 무안한 일을 들추기도 하면서 "이제 정말 어른이 되었구나, 좋아서 결혼하였으니 싸우지 말고 좋이 살거라" 하고 덕담을 건네야 정상이 아니겠는가. 거기다 하루를 묵으면서 "누님 축하하오, 자형 좋은 며느리를 보았소"라는 말까지 할 수 있다면 더욱 좋으리라. 한데 나는 결혼식장에 한 시간 남짓 머물렀을 뿐이다.

결혼식에 이런 식으로 참석하는 경우는 비단 나만이 아닐 것이다. 지금의 결혼식이란 혼주에게 내가 얼굴을 내민 것 보았지요, 하고 확인을 받는 자리일 뿐인 것이다. 어렸을 때 보았던 결혼식은 그렇지 않았다. 혼사가 있다, 잔치가 있다 하면 가족과 친척은 물론 동네 사람들까지 찾아와 잔치에 필요한 이런저런 물건을 건넸고, 일을 나누어 맡았다. 국수와 밀가루, 기름과 과일, 달걀과 쇠고기와 돼지고기, 암탉과 수탉이 생각나시는가? 잔칫날 전부터 어떤 이는 전을 부치고, 어떤 이는 떡을 하고, 어떤 이는 잡채를 만들었다. 그릇이 모자라면 이웃에서 빌려주었고, 손님 머무를 곳이 없으면 방도 비워주었다. 심지어 동네의 넝마주이, 거지들까지 '잡인'(누가 잡인인지는 모르지만)을 금한다면서 찾아와 문 앞을 지켰고, 주인집에서는 한 상 푸지게 차려 그들을 대접했다. 부녀자들은 전을 부치고 맷돌을 돌리며 쉴 새 없이 수다를 떨었고, 술에 취한 남정네들은 일어나 덩실덩실 춤을 추기도 하였다. 그때도 예식장에서 올리는 결혼식이 없는 것은 아니었지만, 아무도 예식장에서의 결혼식만으로는 만족하지 않았다. 결혼식이 끝나면 친척과 친지들은 신랑과 신부의 집으로 몰려가 다시 술을 마시고 밥을 먹고, 평소 쌓였던 이야기를 나누고, 때로는 묵은 앙금을 풀기도 했다. 이게 바로 잔치였다. 하지만 그런 잔치는 사라지고 있고, 잔치란 말조차 사용할 때가 드물어진다. 잔치 대신 '파티'라는 영어가 쓰이기는 하지만, 어쩐지 곰살가운 맛이 없고 지나치게 깔끔을 떠는 것 같아 입에 착 달라붙지 않는다.

잔치는 왜 사라지고 있는가. 오만 가지 이유를 꼽을 수 있을 것이다. 최종적으로는 근대화의 심화 때문이라고 한마디로 정리할 수도 있을 터이다. 하기야 내가 본 잔치는 아마도 조선시대, 곧 전근대사회의 유물이었을 것이다. 그러나 나는 '동네'가 사라지면서 잔치도 동시에 사라진 것이라 말하고 싶다. 동네는 도시화가 급격히 진행되면서, 아파트가 주거 생활의 주류가 되면서, 집이 부동산이 되면서 사라지고 말았다. 아파트의 주민은 앞집과 윗집 아랫집에 인사 한마디 없이, 어느 날 이삿짐센터에 전화 한 통만 걸면 간 곳 모르게 사라지는 타인일 뿐이다. 그는 '우리 동네 사람'이 아닌, 길거리를 걷다 우연히 마주치는 사람과 다름없는 남인 것이다. 나 역시 지난 10여 년 동안 맞은 편 1301호에 사는 노부부와 엘리베이터에서 우연히 만나 "안녕하십니까?"란 말을 몇 차례 건넸을 뿐, 그 이상의 대화와 접촉은 없다. 그가 무슨 직업을 가졌는지 어떤 인생을 살았는지 아무것도 아는 바가 없다. 싫은 것도, 좋은 것도 아니다. 그냥 앞집에 사는 사람일 뿐이다. 이럴진대 과연 같은 동네 사람이라 말할 수 있을 것인가.

대부분의 사람은 동네를 선택하지 않는다. 단지 아파트를 선택할 뿐이다. 아파트는 자신이 보유하는, 혹은 동원할 수 있는 돈의 규모에 따라, 그리고 그 아파트의 값이 어느 정도 투자 가치가 있는가에 따라 선택될 뿐이다. 그 동네가 자연 풍광이 아름답고 동네 인심이 좋고 하는 것은 거의 고려 대상이 되지 않는다. 이런 이유로 동네는 사라지고 아파트만 남게 되었다. 동네가 사라진다는 것은 마을공동체가 없어진다는 말이고, 그 공동체 내부에 있던 사람과 사람 사이의 끈끈한 유대감이 끊어진다는 것이다. 결국 인간 자신이 삶을 꾸리는 땅에 대한 애정이 사라진다는 의미다. 공동체와 사는 땅에 대한 애정을 잃어버렸으니, 거기 사는 사람에게 무슨 관심이 있겠는가. 급기야 사람들은 모두 남과 남으로 존재하게 되었다. 이러니 아파트의 같은 동에 사는 사람에게 혼사가 있어도 찾을 리 없다. 다른 인간관계에 혼사가 있어도 불가피하게 눈도장을 찍어야 할 경우에만 결혼식장을 찾아가 궁리 끝에 정한 액수를 담은 봉투를 내밀고, 받은 식권을 쥐고 식당으로 가 뷔페 접시를 두어 번 채우고 비운 뒤 떠날 뿐이다. 결혼식은 과거 잔치의 그 흥겹고 설레던 풍경과는 아무 상관없는, 나 역시 받았기에 돌려주어야 할 돈, 혹은 언젠가는 돌려받아야 할 돈을 미리 의무적으로 내기 위해 참여하는 행사가 되고 말았다.

　돌아오는 길 기차를 타고 물끄러미 창밖을 보며 무미건조한 결혼식에 대해 이런저런 생각을 굴리다가 작년 실크로드 여행길에 본 결혼식이 떠올랐다. 카슈가르에서 우루무치로 오면서 오아시스 도시를

하나씩 들르는 참이었다. 시간 계산에 약간의 착오가 생겨, 호탄이란 도시에 예정보다 훨씬 일찍 도착하게 됐다. 즐거운 착오로 한낮의 자유 시간을 만끽하게 된 것이다. 먼저 호텔에 들러 큰 짐을 부려놓고 그 유명하다는 호탄의 옥玉 시장을 구경하러 길을 나섰다. 실크로드 쪽의 오아시스 도시가 원래 그렇듯 호탄 인구 불과 10만 명이 조금 넘는 작은 도시다. 길거리에 차가 드문드문 지나가고 있었다. 그런데 난데없이 음악 소리, 환호하는 소리가 들리는 것이 아닌가. 젊은 남자들을 잔뜩 태운 작은 트럭이 풍악을 요란하게 잡히고 앞을 지나갔다. 젊은이들은 피리와 북을 두드리고 소리를 지르며 야단법석을 떨고 있었다. 물어보니, 동무의 결혼을 축하하는 친구들의 퍼레이드란다. 결혼 전날 신랑을 태우고 동무들이 풍악을 잡히고 시내를 돌아다니며 소리를 지르는 것이 이쪽 위구르족의 풍속이라고 했다.

그날 저녁 식당에 들렀더니 풍경이 신기했다. 앞에 무대가 있었고, 무대에서는 악대가 어깨가 절로 들썩이는 음악을 신바람 나게 연주하고 있었다. 홀을 가득 채운 사람은 성장盛裝을 한 위구르족 사람들이었다. 식당 한구석에 앉아 위구르족 빵을 뜯어 우물거리며 무대 쪽을 바라보고 있는데, 이게 웬일인가. 사람들이 하나둘 테이블에서 일어나 무대 앞으로 나가더니 춤을 추기 시작하는 것이 아닌가. 여성과 여성이, 또는 남성과 남성이, 그리고 남성과 여성이 짝을 지어 춤을 추었다. 이내 거의 모든 사람들, 심지어는 어린 소년과 소녀도 일어나 춤을 추었다. 물어보았더니 결혼식 피로연이란다. 위구르족은 결혼식이 있으면 동네에서 혹은 동네에 사정이 있을 경우 넓은 식당에서 피로연을 벌이고 악대를 불러 음악을 연주하고 춤을 추는 것이 풍속이라 하였다.

귀국한 뒤의 일이다. 어느 날 TV를 보는데 우연하게도 위구르족이 사는 지역을 여행 프로그램이 소개하고 있었다. 결혼식 피로연 장면이 나왔다. 음식을 풍성하게 차린 넓은 마당에서 악대가 음악을 연주하고 있었다. 사람들은 전통 의상을 한껏 차려입고 먹고 마시고 깔깔 웃고 덩실덩실 춤을 추었다. 내가 호탄에서 본 풍경과 다르지 않았다. 어릴 적 보았던 잔치와 동네가 위구르족에게는 고스란히 남아 있던 것이다. 위구르족의 사는 경제적 형편이야 한국보다 못했지만 그 잔치와 동네만은 부럽기 짝이 없었다.

조선시대에 관해 이런저런 문헌을 읽고 궁리를 하고 글을 쓰고, 또 그렇게 해서 깨친 것을 학생들에게 가르치는 것이 나의 직업이다. 그런데 만약 조선시대로 돌아가 살라고 한다면 살 수 있을 것인가. 결코 돌아가고 싶지 않다. 가장 큰 이유는 무엇보다 그 사회가 태어날 때부터 인간에게 등급을 매기고(신분제와 여성 차별) 차별하는 사회이기 때문이다. 하여, 조선시대로 돌아가고 싶다는 생각은 꿈에서조차 하지 않는다. 하지만 조선사회에서 가져오고 싶은 것이 없는가? 조선사회가 남긴 문화유산, 혹은 전통에서 지금 사회가 계승했으면 하는 바가 없느냐는 말이다. 왜 없겠는가. 나는 조선시대에서 동네와 잔치를 가져오고 싶다. 아파트 한 채 없이 초가와 기와집으로만 이루어진

내가 사는 동네를 '우리 동네'라 부르고, 거기서 죽을 때까지 떠나지 않고 싶다. 내 집에 잔치가 있으면 그 잔치가 동네잔치가 되고, 동네 사람 다 모여 며칠을 마시고 노래 부르고 춤추면서 보내고 싶다.

한국사회는 전근대를 극복하고 근대를 이룩하자며 20세기 이래 앞뒤 돌아보지 않고 냅다 달려왔지만, 그 바람에 싸잡아 팽개쳐버린 값있는 것도 얼마나 많았던가. 동네와 잔치도 그것이 아니겠는가.

친구
아무개 목사에게
예수 믿기를 권함

　오랜만이네. 자네 직업이 성직자(목사)이기 때문에 우리 같은 속물들이 자주 만나지는 못하지만 그래도 기별해주는 친구가 있어 소식은 이따금 듣고 있네. 아닌 게 아니라 지난번에 초등학교 동창 모임에서 자네 이야기가 나왔네. 회사 다니다가 근자에 그만둔, 아니 잘린 친구 몇몇은 자네를 퍽 부러워하더구먼. 한 해에 연봉이 몇 억이고 정년도 아직 한참 남았다면서 말이야. 나도 그런 생각이 슬며시 들었네. 자네 교회가 세상에 유명한 아무아무 교회처럼 몇 만 명의 신도를 가진 교회는 아니지만, 그래도 만 명을 넘는 신자가 있고, 거기다 교회가 부자 동네에 있다는 건 다 아는 사실이 아닌가.

오늘 이렇게 소식을 전하는 것은 그날 그 모임에서 나온 자네 이야기 때문이네. 그 자리에서 자네가 일본에 쓰나미가 일어난 것을 두고 하나님을 믿지 않아 그런 것이라는 취지의 발언을 했다는 말을 들었네. 그 말에 적잖이 충격을 받았네. 왜냐하면 쓰나미에 죽거나 다친 사람들 중에는 적기야 하겠지만 기독교 신자도 있었을 것이기 때문이네. 솔직히 말해 안 믿는다고 쓰나미로 자신의 피조물을 그렇게 비참하게 죽여버린 하나님이란 존재를 내 머리로는 도저히 이해할 수 없네. 자네 말을 전해 듣고 나는 강도를 맞아 쓰러져 있던 사람을 구한 사마리아 사람이 생각났네. 예수님은 거지반 죽게 된 사람을 외면하고 지나간 제사장과 레위인이 그의 이웃이 아니라, 사마리아 사람이 이웃이라 하셨네. 만약 예수께서 쓰나미로 수많은 사람들이 죽었다는 소식을 들으셨다면, 눈물을 쏟으시고 크게 슬퍼하셨을 것이네. 그들의 영혼을 위로하셨을 것이네.

이왕 말을 꺼냈으니, 몇 마디 더 함세. 자네는 새벽이면 아랫사람을 거느리고 교회에 가서 큰 소리로 무엇무엇을 바란다고 기도를 한다는데(하기야 보통 기독교 신자들도 다 그렇지만), 정말 이해가 안 되네. 예수님은 남에게 보이려고 회당과 큰 거리 어귀에서 기도하지 말고 아무도 안 보는 골방에서 기도하되 중언부언하지 말라고 가르치시지 않았던가. 자네가 믿는 하나님은 전지전능하신 분이니, 자네가 그렇게 소리를 지르지 않아도 자네 마음을 다 아실 것이네.

어떤 친구는 자네가 강남의 값비싼 아파트에 산다고 또 부러워하더군. 과연 그런가. 예수님은 여우도 굴이 있고 공중의 새도 거처가 있지만, 오직 자신만은 머리 둘 곳 없다 하시지 않았던가. 어찌하여 예수님과 그렇게 다른가. 자네는 또 세금도 내지 않는다 하였네. 정말인가. 비유가 적절한지는 모르겠지만, 자네는 "카이사르의 것은 카이사르에게 돌리라"고 하신 예수님 말씀을 어떻게 생각하는가. 그리고 자네는 교회가 늘 가난한 사람을 돕는다고 하지만, 그렇게 으리으리한 수백 억짜리 교회를 지으면서 어떻게 가난한 사람을 도울 수 있겠는가? 또 예수님은 제자들을 여러 곳으로 파견하시며 지팡이 외에는 돈도 먹을 것도 가지지 말고 신발도 그대로 신고 속옷도 껴입지 말라고 하셨네. 그런데 자네는 번쩍이는 양복에, 어찌 그리 값비싼 고급 승용차를 타고 다니는가?

자네 알다시피 나는 기독교 신자가 아니네. 아니 어떤 종교도 믿지 않지. 하지만 《성경》은 종종 읽어본다네. 그런데 자네의 말과 행동이 성경 말씀과 일치하지 않으니, 나로서는 자네가 예수를 믿지 않는다고 볼 수밖에 없네. 어릴 적 친구니까 무람없이 부탁하네. 자네 제발 예수 좀 믿어보게. 자네가 입에 달고 사는 말 중에 '예수천국 불신지옥'이란 말이 있는데, 예수 믿으면 천국 간다니 좀 좋은가. 물론 나는 그냥 이렇게 살다가 불신지옥을 택하겠네만, 자네는 직업이 직업인

만큼 예수를 믿어야 하지 않겠는가. 남보다 자네가 먼저 예수를 믿어야 남에게도 믿으라 권할 수 있지 않겠는가. 부디 먼저 예수 믿고 천당 가시게.

대학생의
인문학 공부

　젊은이들로 넘치는 대학은 이상할 정도로 조용한 곳이 되었다. 한 때 한국사회를 뒤흔들었던 학생운동의 함성이 사라진 지도 이미 오래다. 봄가을로 축제가 열려도 캠퍼스는 썰렁하기 짝이 없다. 많은 학생들은 축제에 관심이 없어 축제 기간에 아예 학교에 나오지도 않는다. 심각한 사회적 이슈에도 극소수를 제외하면 학생들은 거의 모이지 않는다.

　학생들이 붐비는 곳은 따로 있다. 도서관이다. 도서관은 학생들로 넘쳐나고, 밤늦게까지 불이 꺼지지 않는다. 그 불빛은 고등학교 교실의 연장이다. 알다시피 고등학교 교실은 밤이 이슥하도록 불이 꺼지지 않는다. 도서관과 교실은 공부하는 곳이다. 공부를 한다 하면 어느 정도의 과오까지 용서받을 수 있는 것이 한국사회다. 이럴진대 교실과 도서관이 공부하는 학생들로 가득 찬 상황은 정말 좋고 바람직한 것일 게다.

초·중등학교부터 말해보자. 대한민국의 초·중등학교는 '성적'을 위해 존재하는 곳이다. 학교의 목적은 '교육'하는 데 있는 것이 아니라, '성적'을 올리는 데 있을 뿐이다. 지금 한국사회의 공교육 실패는 '성적'만을 전문 영역으로 삼는 사교육과 경쟁 자체가 되지 않기 때문에 발생한 것이다. 하지만 국가는 '국민'을 만들고, '국민'을 관리하기 위해 공교육을 포기할 수 없다. 하여, 성적이란 말 대신 '학력 신장'이란 말로 오늘도 학생들을 학교에 수감하고, 시험으로 길들인다.

성적이 중요한 것은 다른 이유가 아니다. 수능을 위시한 여러 테스트에서 올린 성적을 통해 대학에 진학하고, 입학–졸업한 대학의 위계에 따라 개인의 카스트가 지정되기 때문이다. 초등학교부터 고등학교 때까지 학부모들이 자녀의 성적에 그렇게 민감한 까닭은, 성적이 사랑해마지않는 자식의 카스트를 결정하는 유일한 도구이기 때문이다. 성적은 개인의 능력과 노력에 좌우된다 하겠지만, 반드시 그러하지는 않다는 데 문제가 있다. 현재 한국사회에서 학생 개인의 성적에는 부모의 부와 사회적 위상이란 계급적 요소가 본격적으로 개입하고 있고, 국가는 그것을 용인하고 있는 중이다. 자사고와 특목고가 그 증거다.

적성과 희망이 아닌 성적에 의해 개인에게 카스트로서의 대학이 결정되면, 대학생들을 기다리고 있는 것은 또 다른 리그다. 대학에 배치되는 그 순간부터 학생들은 취업 전쟁이란 리그에서 무한 경쟁을 벌여야 한다. 한국의 대학은 학문을 하는 곳이 아니라 취업을 준비하는 기관이 된 지 오래인 것이다. 국가와 학교와 사회는 취업을 독려하고, 학교와 학과의 취업률을 조사해 공개한다. 누구라도 그 취업률을 확인할 수 있다(물론 그 취업률이 정확한 것인지 아무도 장담할 수 없다). 학부 학생들은 1학년 때는 다소간 해방감에 젖어 헤매지만, 이내 정신을 수습하고 취업 준비에 골몰한다. 이것이 대학을 조용하게 만든 결정적인 이유다.

전공이고 뭣이고 간에 오직 공부하느니 취업 공부지만, 그 취업의 대상인 높은 소득과 고용의 안정성이 좋은 일자리는 터무니없이 부족하다. 나라가 학교가 아무리 취업률을 올리기 위해 닦달해도, 그 닦달이 좋은 일자리를 늘리는 것은 아니다. 이 때문에 전국적 차원에서는 취업률이 결코 높아지지 않는다. 곧 개인의 노력은 전체 취업률을 높일 수 없는 것이다. 물론 개인의 비상한 노력은 한정된 자원(즉일자리)을 그 스스로가 차지할 확률을 높일 수도 있다. 하지만 대부분의 경우, 서열화한 대학의 순위 혹은 전공의 순위에 따라 취업의 순위 역시 결정되기 때문에, 개인이 투입한 노력의 정도에 따라 취업의 가능성이 높아지는 것은 아니다.

그럼에도 불구하고 학생들은 취업을 위한 노력을 포기하지 못한다. 현재 한국사회의 가장 중요한 화두는 취업과 실업이란 언어로 이루어져 있고, 또 취업을 하지 못하는 이유는 개인의 노력 부족(또는 무능력)이라는 주장이 유포되어 있기 때문이다. 따라서 학생들은 취업 준비를 위해 휴학한 뒤 도서관에 묻히고, 영어 실력을 높이기 위해 외국에 가고, 각종 자격시험에 연속적으로 응시한다. 이런 노력의 축적이 취업을 보장하는 것은 당연히 아니다. 다만 이런 행위들 속에서만이 자신의 불안을 일시적으로 잊을 수 있다.

여름방학과 겨울방학을 지나고 나면, 얼굴이 달라지는 여학생들이 더러 있다. 성형수술 때문이다. 개인이 아름다워지겠다는데 누가 무어라 할 수 없다. 하지만 결코 비만이라 볼 수 없는 젊은 여성이 자신의 식욕을 저주하며 굶으면서까지 마른 몸매를 유지하고자 하거나, 또는 그리 큰 얼굴도 아니건만 얼굴을 작게 만들기 위해 수술대 위에 누워 뼈를 깎고 살을 저며내는 행위가 바람직한 것인가. 인간이 자신을 아름답게 바꾸고자 하는 데는 무수한 이유가 있을 것이다. 하지만 지금 대학을 다니는 여성이 자신의 신체를 개조하는 데 취업을 위한 동기가 강하게 작용한다는 사실을 빼놓을 수 없다. 얼굴이 예쁘고 날씬한 몸매의 여성의 취업률이 높다는 것은 이미 상식이기 때문이다.

피나는 노력에 의해 자신이 원하는 곳, 사회적으로 알아주는 곳에 취업이 되었다 하자. 하지만 그것이 이후의 만족스러운 삶을 보장하는 것도 아니다. 끊임없는 실직의 공포에 시달린다. '고용의 유연성'이란 고용주가 고용인을 마음대로 자를 수 있다는 잔혹한 말을 우아하게 표현한 것에 불과하다. '고용의 유연성'에 걸려들지 않기 위해, 자신의 능력 있음을 알리기 위해, 이른바 '자기계발'에 시간을 쏟아야 한다. 그 결과 오직 나에게만 속하는, 나의 시간과 육신이 나의 의지와는 상관없이 무한히 소모된다.

개인은 이렇게 닳아가지만, 취업을 위한 공부는 인간이 개인이 왜 소모되어야 하는지를 가르쳐주지 않는다. 대학에서 가장 인기 있는 과목은 학점을 잘 주는 과목이고, 취업시험에 유리한 과목이다. 그런 과목은 취업을 통해 인간이, 아니 개인에게 단 한 번의 기회로 주어진 삶이 어떤 가치를 추구해야 하는지 결코 가르쳐주지 않는다. 대학이, 나아가 이 사회가 단 하나 가르치는 것이 있다면, 화폐를 많이 축적하라는 것, 그리하여 보다 값비싼 상품을 많이 소비하는 것이 삶의 이상이라는 생각이다. 하지만 급격하게 진행된 한국사회의 계급화는 오직 선택된 극소의 계급에게만 이를 허락할 뿐이다. 학교에서 일부 교사와 교수, 학생들이 '화폐와 소비'가 유일한 가치라는 주장에 대해 회의하고 비판하지만, 그들에게 '좌빨'이란 낙인을 찍으면 그 회의와 비판의 소리는 쉽게 가라앉는다.

먹고사는 일보다 더 중요한 일은 없다. 하지만 이상한 일이다. 국민소득이 3만 달러를 밑도는 세상에서 안정된 직업을 얻기가 왜 이리 힘든 것인가? 개인의 삶은 왜 이리도 각박하고 불안해진 것인가? 물어보자. 우리에게 주어진 유일한 삶의 형태는 이것뿐인가. 화폐와 소비만이 우리 삶의 유일한 가치인가? 다른 형태의 삶과 가치는 없는가. 화폐를 축적하고 소비하고자 하는 욕망, 나의 신체를 스스로 개조하고자 하는 욕망은 나의 것인가, 아닌가? 내가 선택한 것이 아니라면, 이런 삶의 형태는 누가 고안하여 나의 머릿속에 설치한 것인가. 우리는 직관적으로 이것이 유일한 삶의 형태이자 가치가 아님을 안다. 그렇다면, 어떤 과정을 통해 이런 삶의 형태와 가치가 나에게 진리가 되었는가?

나도 모르는 사이에 나에게 주어진 그 유일한 길을 따라 산다면, 노예가 됨을 면하지 못할 것이다. 따라서 보다 근원적으로 문제를 제기할 필요가 있다. 그 문제, 곧 인문학의 화두다. 인간과 세계에 대한 근원적인 물음과 사유, 현재의 인간과 사회가 탄생한 과정, 개인의 삶과 사회의 복잡성과 다양성에 대해 인문학은 근원적인 질문을 던진다. 철학과 역사와 문학은 바로 그 질문으로 들어가는 문이다. 물론 마련된 정답은 없다. 하지만 답을 찾는 과정에서 우리에게 가해진 고통의 실체를 알 수 있을 것이다. 인문학은 취업을 시켜주거나 돈을 벌게 해주지는 않지만, 오직 취업과 실업, 화폐와 소비로만 구성되는 그 단일한 삶의 형태를 누가 만들어내었는지 일러줄 것이며, 그것을 극복하는 삶의 방법은 무엇인지 다시 상상하게 해줄 것이다. 이른바 '돈 안 되는' 인문학 공부가 우리에게 더할 수 없이 중요한 이유가 바로 여기에 있다.

넷

취업의 책임은
어디에 있는가

19세기 말 20세기 초 계몽주의자들은 농민의 게으름을 나무랐다. 일 안 하고, 술 먹고, 노름한다고 말이다. 그런데 이렇게 빈둥거렸던 농민이 만주로 삶의 터전을 옮기자 부지런히 땅을 개간하고 농장을 꾸려 착실한 부농이 되어 살더라는 것이었다. 문제는 빤하다. 조선 땅에서는 땅을 뒤져봐야 소출의 절반 이상을 지주에게 주고, 세금을 내고, 빌려 먹은 곡식 갚고 나면 남는 것이 없다. 아무리 용을 써봐도 미래가 보이지 않는다. 자포자기의 심정으로 푼돈이라도 생기면 술을 마시고 투전판에 끼어든다. 그런데 만주로 갔더니, 개간을 하면 자기 땅이 된단다. 그러니 죽을힘을 다해 땅을 일구어 재산을 모아 가족을 건사하는 사람이 적잖게 나왔던 것이다.

농민이 자신이 소유한 땅을 잃고, 또 소수 양반 지주에게 토지가 집중된 것은 조선후기 이래 거대한 사회문제였다. 경작하는 농민이 땅을 가져야 한다는 아이디어가 백출했다. 다산이 〈전론田論〉에서 주장한 '여전론'도 그중 하나다. 그 골자는 토지의 공동소유이고, 모든 사람이 어떤 형태로든 이 토지의 경영에 참여하여 노동에 따른 대가를 분배받는다는 논리다. 즉 '여전론'을 따르면 완전고용이 가능하다. 완전고용이 이루어지고 있는데도, 일하기 싫어하는 사람이 있다면, 그 사람은 비로소 나태한 인간이라 불러도 좋다! 사회적으로 배제되어도 마땅할 것이다.

교육부에서는 최근 대학을 선진화한다, 평가한다 하면서 대학에 평가 자료를 내어놓으란다. 그중 빼놓을 수 없는 중요한 평가 항목 하나가 취업률이다. 취업률이 낮으면 저질학과, 부실대학이 되고 퇴출의 대상이 된다. 그런데 물어보자. 지금 대한민국 사회에서 대학 졸업생들의 취업률이 이루 말할 수 없이 낮은 것이 대학의 책임인가, 전공학과의 책임인가? 문제는 양질의 일자리가 풍부하지 않다는 데 있는 것이 아닌가. 이미 대학은 서열화했고, 또 전공에 따라 취업이 쉽게 가능한 분야가 있는가 하면, 아닌 분야도 있다. 일자리가 많은 서울 소재 대학이 있는가 하면, 일자리가 태부족한 지방 소재 대학도 있다. 따라서 취업률을 결코 대학이나 전공학과, 그리고 개인에게 책임 지울 수 없는 것이다. 대학 졸업자의 취업률이 낮은 것은 전적으로 국가와 정치, 기업의 책임이다.

토지의 공유를 통해 완전고용을 상론했던 다산은 〈전론〉에서 이렇게 말하고 있다.

하늘이 백성을 내고는 그들에게 농토를 마련해주어 갈아 먹고살아가게 하였다. 거기에 더해 백성을 위해 임금을 세우고 목민관을 세웠다. 그들이 백성의 부모가 되어, 백성들에게 생업을 챙겨서 다 함께 살아갈 수 있게 해준 것이다. 하지만 임금과 목민관은 그 자식들이 서로 공격하고 빼앗고 삼키고 하는 것을 팔짱을 끼고 빤히 바라보면서도 금하지 않는다. 억센 놈이 더 많이 빼앗고, 약한 놈은 떼밀려 땅에 자빠져 죽게도 만든다. 이럴 경우 임금과 목민관은 정말 임금과 목민관 노릇을 잘하고 있는 것일까?

다산에 의하면 백성이 토지를 빼앗긴 것은 임금과 목민관 책임이다. 다산은 덧붙여 이렇게 말한다.

곡식 수천 석을 수확하는 높은 벼슬아치나 부자는 1백 결結이 넘는 토지를 소유하는데, 이것은 9백 9십 명의 생명을 해쳐 한 집안만을 살찌게 하는 것이고, 곡식 1만 석을 수확하는 조선 최고의 부자인 영남의 최씨와 호남의 왕씨는 4백 결 이상의 토지를 소유하는데, 이것은 3

천 9백 9십 명의 생명을 해쳐서 한 집안만을 살찌게 한 것이다.

다산의 말을 곱씹어보면, 오늘날 좋은 일자리가 태부족하고 청년 실업자가 넘쳐나는 이유를 짐작할 수 있을 것이다.

대학도서관에는 스펙을 쌓기 위해 밤낮을 잊은 학생들로 빼곡하다. 그들은 만주 땅에서 개간하던 농민들처럼 열심히 일할 의지가 충만하다. 그런데 왜 일자리는 주지 않는가. 책임을 져야 할 곳은 국가와 정치와 기업인데, 왜 대학이 마치 학생들의 취업에 가장 큰 책임이 있는 양 닦달하는 것인가? 물론 대학은 학생 취업을 위해 노력해야겠지만, 취업의 궁극적 책임은 취업률을 높이라고 닦달하는 쪽에 있다. 이 글을 읽는 사람 중에 교육부의 관리가 있다면 제발 다산의 〈전론〉을 읽어보시고, 취업률 운운하는 소리는 그만 집어치우시라.

출마의 변

　나는 총장 후보 선출에 출마하기로 결심했다. 그 이유는 다음과 같다. 그저께 아침밥을 차리면서 묵은 신문을 찌개 냄비 밑에 깔았다. 하필 그 신문에는 '부산대 총장 선거 다시 해야……'라는 기사가 큰 활자로 박혀 있었다.

　아내가 "당신네 학교 창피스럽게 또 총장 선거하는 모양이네"라고 비꼰다. 그러고는 이어 "이번 재선거로 총장 되는 사람 좋겠네요, 횡재하겠네"라고 말을 이었다.

　"횡재라니, 이 사람이! 말조심하소, 횡재가 뭐요?" 핀잔을 주었지만, 아내는 아랑곳하지 않는다. 그러고는 아내가 아는 교수님 이름을 여럿 주워섬기며 내 아픈 곳을 찌른다.

"다른 사람은 학장도 되고, 처장도 된다는데, 당신은 도대체 하는 일이 무어란 말요? 그저 책이나 파고 있으면 누가 알아나 주나? 아이고 한심해라. 이런 어리숙한 양반아!"

'어리숙한 양반!'이란 말에 화가 꼭지까지 뻗쳐 "내가 하면 총장을 하지, 그깟 학장이나 처장을 한단 말이야!" 하고 소리를 버럭 질렀다 (라고 쓰고, '혼자 비 맞은 중처럼 중얼거렸다'라고 읽는다).

"아이고, 언감생심 총장 잘도 하시겠네, 어디 한번 해보슈, 하나 안 하나 두고 보지."

출근길 버스 안에서 생각해보니 나도 총장 못할 것 없다는 생각이 들었다. 알다시피 나는 과대망상이 있는 사람이고, 또 자기 주제를 모르기로 소문난 사람이기에 절로 '그깟 총장, 나라고 못할까?'라는 생각이 들었던 것이다. 하기야 지난번 총장을 무려 8년 동안이나 한 사람을 보니, 폼만 잡고 말만 많았지 별로 하는 일도 없었다. 또 원래 총장은 학문이 뛰어나고 남보다 도덕적 윤리적이면서, 학생과 교수, 사회의 존경을 받는 분이어야 한다고 생각했는데, 지난번 총장이 하는 것을 보았더니, 전혀 그렇지 않다. 정말 여기서 전임 총장을 칭송하지 않을 수 없다. 그분이야말로 누구나 다 총장이 될 수 있다는 꿈과 희망을 모든 교수님들에게 심어주신 분이 아니던가. 어쨌거나 총장이 되어 폼을 잡고 있는 내 모습을 상상해보니, 절로 입가에 웃음이 번졌다. 혼자 헤실헤실 웃고 있노라니, 버스 안 승객들이 나를 이상한, 정신 나간 사람처럼 보는 게 느껴졌다. 그런데 내가 불쑥 총장 선거에 나간다고 하면 얼마나 민망한 일인가. 남에게 총장 한번 나가라는 말이라도 들어야 명분이 서지 않겠는가. 이런 궁리를 하면서 학교로 왔다.

연구실에서 공부는 하는 둥 마는 둥 하고(문이 닫혀 있어서 내가 뭐 하고 있는지 아무도 모른다. 연구하는 줄 안다), 저녁이 되기를 기다렸다. 저녁때 내가 존경하는 S교수님, J교수님, L교수님과 한잔하기로 약속이 되어 있었기 때문이다. L교수님이 나에게 술을 한잔 사준다고 오래전에 약속을 했더랬다. 오장육부가 뒤틀리는 지루함을 견딘 결과 해가 지고 저녁이 되었다. 술집에 가서 다른 교수님들의 이야기는 귓등으로 흘려들으면서 계속 술을 털어넣었다. 1차가 끝나자 L교수님이 술값을 계산했다고 하셨다. 나는 술을 마시는 기회를 잃기 싫어 노래를 부르고 가자고 제안하여 2차를 가게 되었다. 거기서 나는 빛의 속도로 술잔을 기울였다. 빨리 정신을 잃기 위해서다. 왜냐? 술값을 낼 돈이 없기 때문이다. 은행에 잔고가 약 70만 원 정도 있지만, 그것은 대학 다니는 아들놈이 스펙을 쌓기 위해 학원에 다녀야 한다면서 50만 원을 보내달라 했으므로 이미 내 돈이 아닌 셈이다. 그러니 남은 돈 20만 원으로 한 달을 살아야 하는데, 어떻게 술값을 낼 수 있겠는가. 이런 사정 때문에 빨리 술에 취해 '떡실신'을 해야 할 필요가 있었던 것이다(결국 나의 계획은 성공하였다. 나는 지금도 누가 2차 술

값을 냈는지 모른다).

어쨌건 만취해서 횡설수설하던 차에 S교수님에게 "총장 선거에 출마 한번 해보시지요. 딸꾹!" 했더니, S교수님 "무신 쓸데없는 소리고? 강 교수나 나가라"라고 말씀하시는 것이었다. 아아, 이 무슨 말씀이신가? 취중에 들었지만 정말 복음과 같은 말씀이었다. 나는 드디어 총장 후보에 출마할 명분을 갖게 된 것이다. 나는 그 자리에서 총장 선거에 나가기로 결심했고, 그것을 S교수님, J교수님, L교수님에게 말씀드렸더니 이구동성 '정말 훌륭한 생각'이라고 찬동해마지않으셨다. 그래서 오늘 드디어 만천하에 출마의 변을 밝히게 된 것이다.

이렇게 말하면 내가 무슨 총장을 할 만한 능력이나 있는 것처럼 생각하겠지만 전혀 그렇지 않다. 부산대학교 교직원 학생 모두 알고 있듯, 나는 내 주제를 제대로 모르는 사람이다(이래서 이 글도 쓰는 것이다). 그러니 당연히 총장이란 것이 무엇인지 모른다. 총장이 되어 어떻게 하겠노라는 계획도 없다. 그런 것은 지난번 총장 선거 때 나온 공약집에 다 나와 있으니, 좋은 것만 골라 쓰면 될 것이다. 또 정직하고 공평무사하게 하면 총장 하기 별로 어렵지 않을 것 같다. 또 총장이 어디 학교 일 혼자 다 하던가? 유능한 사람들 불러 같이하면 되지. 이치가 이러니 총장 자격 나도 충분하다.

이번에 총장 선거 나오는 이유는 별거 없다. 기회가 어느 때보다 좋기 때문이다. 첫째 선거운동 하는 기간이 길지가 않다. 2주에 지나지 않는다. 또 돈을 들여서 선거운동을 할 수도 없다. 나로서는 횡재한 기분이다. 그다음 떨어져도 별로 안타까울 것도 없다. 지금 후보로 나서는 사람이 열댓 명 된다고 하니까, 까짓것 떨어져도 나만 떨어지는 건 아니지 않은가. 그러다 어쩌다 되면 얼마나 좋은가. 로또가 따로 있는 것이 아니다. 연구실을 방문할 수도 없고, 음식을 대접할 수도 없고, 선물을 보낼 필요도 없다. 모두 금지되어 있다. 공탁금 2천만 원이 없다는 것이 좀 켕기기는 하지만, 이것도 박원순식으로 모금하면 될 것이다. 이렇게 말하고 보니까, 정말 지금 총장이 된 것 같다. 절로 기분이 좋아진다.

물론 가장 큰 문제는 앞에서 말한 바와 같이 내가 총장 직무를 수행할 만한 능력과 자질이 없다는 것인데, 몇 차례 이야기했듯 내가 내 주제를 모르니 문제 되지는 않을 것 같다. 또 총장 선거에 나오는 분들도 보아하니 나와 다른 점이 크게 없는 것 같다.

이렇게 말하니, 농담같이 흘러듣고 그냥 한번 해보는 소리겠거니 하겠지만, 천만의 말씀이다. 나는 끝까지 완주한다. 총장 후보 선거에 나오시는 분들 긴장하셔야 할 게다. 원래 노름판에는 처음 끼는 어수룩한 초짜가 돈을 따는 법이다. 초짜의 위력을 한번 보시게 될 것이다. 정직한 명관 씨 올림. (내가 총장 선거 나간다고 했으니, 이제 나에게 표 달라고 선거운동 하는 사람이 없을 것이다. 아이고, 좋아라.)

벼슬을 얻기 위해
쏘다니는 인간들

분경奔競이란 말이 있다. 《경국대전주해經國大典註解》에 의하면, '분추경리奔趨競利의 준말'이란다. '분추'란 급한 걸음으로 달려가는 것이고, '경리'는 이익을 다툰다는 뜻이다. 합쳐서 말하자면 뭔가 이익을 노리고 분주히 쏘다니는 것을 말한다. 이익을 노리고 분주히 쏘다니는 것이야 사람이면 대부분 다 그렇다고 말할 수도 있다. 농사꾼이 새벽에 일어나 바쁜 걸음으로 논밭으로 달려나가는 것이나, 장사꾼이 이문을 보자고 먼 길을 분주히 떠나는 것도 분경이라 할 수 없지 않은 것이다. 하지만 이런 '건전한 행동'이라면 굳이 《경국대전》이란 근엄한 법전에 실어 금지할 필요가 없었을 것이다. 사실 분경은 불법적인 행동을 지칭한다. 곧 인사권을 쥐고 있는 권세가를 찾아가 엽관운동獵官運動(뇌물과 청탁으로 관직을 사고파는 일) 하는 것을 분경이라 일컫는 것이다.

《경국대전》형전刑典 금제禁制의 '분경'조는 "분경하는 자는 장 1백 대, 유삼천리流三千里에 처한다"고 규정하고 있다. '분경하는 자'에 대해서도 구체적으로 지적해두었다. 곧 '이조·병조의 제장諸將과 당상관, 이방吏房·병방兵房의 승지, 사헌부·사간원의 판결사判決事의 집에 동성同姓 8촌, 이성異姓·처친妻親의 6촌, 결혼한 집안, 이웃 사람이 아니면서 출입하는 자'가 분경하는 자이다. 이 규정을 자세히 설명하려들면 한없이 복잡해질 것이니, 간단하게 정리해보자. 요컨대 가까운 친척이거나 이웃 사람이 아닌 사람은 이조·병조, 승정원의 이방·병방 승지와 같은 인사권을 쥔 사람의 집에 출입할 수 없다는 것이다. 만약 이 법을 어길 경우, 곤장 1백 대에 3천 리 밖 귀양이다. 아주 강력한 처벌 규정이다.

하지만 벼슬에 목을 매고 살았던 조선의 양반들이 분경을 하지 않을 리 없다. 1670년에 녹슨《경국대전》의 조항을 현실에 맞게 고친 일은 분경이 예삿일이 된 저간의 사정을 반영한 것이다. 새로 고친 규정은 이러하다. 동성 6촌 이내, 이성 4촌 이내, 결혼한 관계가 있는 집안사람이 아니면, 도목대정都目大政의 날짜가 정해진 뒤 이조와 병조의 당상관 집에 출입을 금지한다. 또 도목대정 이후 서경署經하기 전까지 사헌부와 사간원의 관원 집도 출입을 금한다. 도목대정이란 12월의 대규모 인사를 말한다. 즉 인사 날짜가 정해지면 인사 담당자인 이조·병조의 당상관 집에 드나들 수 없었다. 그리고 사헌부와 사간원에서 이조·병조에서 뽑은 임명 예정자의 적격 여부를 심사하는 과정, 곧 서경(임금이 새로 관리를 임명할 때 사헌부와 사간원에서 그 인선人選에 동의하여 신임관新任官의 고신告身에 서명하던 일)에 들어가면 당연히 사헌부와 사간원 관원의 집에도 다닐 수 없었다.

이렇게 법을 만들고 고쳤지만 분경이 없어졌다 말할 수는 없다. 18세기를 지나 19세기 세도정권이 들어서면, 권세가를 찾아다니며 한자리를 부탁하는 분경이 양반들의 문화가 되었다고 말할 수 있을 정도다. 19세기 세도정권이 성립하자 분경은 곧 매관매직이 되었다. 그 버릇은 나라가 망할 때까지 고쳐지지 않았다. 세월이 흘렀다 해서, 딴 세상이 되었다 해서 분경의 더러운 습관이 없어진 것도 아니다. 이 글을 읽으시는 분들이 자신의 직장에서 어떤 형태의 분경이 있는지 생각해보시면 아마 짐작 가는 바가 있을 것이다.

하필 분경을 말하는 것은 지난 대선 때 목도한 풍경 때문이다. 내가 아는 많은 사람들이 대선 때 특정 후보를 지지한다고 나섰다. 혹자는 텔레비전에 얼굴을 비치기도 하였다. 누구를 지지하건 그것은 개인의 정치적 자유다. 하지만 그들 중 어떤 이에 대해서는 분경을 하고 있구나, 하는 생각이 들어 쓴웃음을 지었다.

분경하는 사람 치고 맑고 곧은 사람은 없다. 유능한 사람도 없다. 그 사람은 오직 자신에게 주어질 권력만을 누리려 할 것이다. 분경 없는 정부를 보고 싶다.

암행어사
다산을 생각하며

정조는 1794년 10월 29일 다산을 경기 암행어사에 임명한다. 《다산시문집》 10권의 〈경기암행어사로서 수령의 선치善治 여부를 논하는 계啓〉란 글은 그 결과 보고서다.

신분을 감춘 암행어사를 왜 보내는가? 정조는 어사의 임무는 '수령의 선치 여부를 꼼꼼히 조사하고 백성의 고통을 몰래 찾아내는 일'이라고 말한다. 주州·부府·군郡·현縣 수령의 선치 여부를 감독하는 사람은 관찰사다. 관찰사는 원래 이들 지방행정 단위를 돌아다니면서 선치 여부를 감독하고, 평가해 조정에 보고한다. 하지만 다산이

〈감사론監司論〉에서 절절히 고발한 것처럼 감사, 관찰사는 타락한 지방행정의 원흉이었다. 암행어사가 파견될 수밖에 없었던 것이다. 이런 이유로 암행어사가 자주 파견되는 세상이란 별로 좋은 세상이 못된다. 조선의 국력이 제법 컸고 체제가 비교적 안정되었던 조선전기, 특히 성종 때까지 암행어사가 없는 까닭은 이 때문일 것이다.

하지만 조선후기는 암행어사를 보낼 수밖에 없는 상황이 되었다. 암행어사는 보통 왕이 가장 믿는 신하를 보내지만, 적합한 인물을 찾기는 어려웠다. 정조 역시 적합한 사람을 구하기는 어렵지만, 그렇다해서 암행어사를 보내지 않는다면, 자신이 구중궁궐에서 어떻게 수령과 백성들의 구체적인 상황을 살펴 알 수 있겠느냐고 반문한다. 그가 33세의 젊고, 똑똑한 다산을 파견한 것도 이 때문일 것이다.

정조는 다산에게 적성積城·마전麻田·연천漣川·삭녕朔寧 등 네 고을을 염문하라고 지시했다. 다산은 천민들 사이에 섞여 신분을 숨기고 여러 고을을 다니며 민정을 살핀다. 어떤 경우 출두하여 빗질을 하듯 철저히 조사하고, 어떤 경우 자신의 종적을 감추고 거듭 살펴본 뒤 수령의 선치 여부와 민정의 실정에 대해 확실히 파악한 뒤 보고서를 올렸다. 다행히 적성현감, 마전군수, 연천현감, 삭녕군수는 모두 선치 수령이었다. 특히 삭녕군수 박종주는 백성들이 군수가 갈린다는 소문이 돌자 정말 그가 떠날까 두려워한다고 하였으니, 대단한 선치 수령이었던 것이다. 하지만 전 연천현감 김양직과 전 삭녕군수 강명길은 백성들을 착취한 전형적 탐관오리로서 백성들은 여전히 한탄하고 원망하고 있다는 것이다.

정조는 성실한 군주였다. 그의 모든 생각과 정치적 실천을 긍정적으로 평가할 수야 없겠지만, 나는 정조에게서 유교의 정치 이념에 따르고자 하는 진정성을 본다. 다산은 두말할 필요도 없다. 지금 한국을 지배하는 정치인들에게서 과연 그런 진정성을 찾을 수 있는가. 그런 점에서 정조와 암행어사 다산의 경우는 아름답게 보이기조차 한다. 하지만 또 달리 생각해본다. 조정이 파견한 수령의 다스림을 받는 백성들은 자신이 직접 왕에게 수령의 잘잘못을 알릴 수 없었다. 자신들의 처지를 대변해준 암행어사란 것도 언제 왔는지 몰래 왔다가 슬쩍 물어보고 떠났을 뿐이다. 그 역시 수령과 다를 바 없는, 영원히 자신을 다스리는 사족이 아니었던가.

지금은 왕도 없고, 사족도 없는 세상이다. 헌법 제1조에서 말한 것처럼 한국은 민주공화국이다. 이 공화국의 주권은 국민에게 있고, 모든 권력은 국민으로부터 나온다. 세상을 바꿀 것은 99%의 국민이지 1%의 왕과 귀족이 아니다.

역적, 사문난적, 좌파

조선시대에 역모를 고변하는 문서에 이름이 한번 오르면, 그 사람의 인생은 끝장난 것으로 보아야 한다. 왕위를 노린 것이니 왕은 어쭙잖아 보이는 사건도 철저히 조사한다. 역모를 꾸민 자로 지목된 사람은 물론이고, 조금이라도 연루되어 있다 싶으면 깡그리 부르고 잡아들여 국청鞫廳을 차리고 심문을 한다.

심문 과정은 잔혹하다. 모역인謀逆人으로 지목된 사람이 실제 역모를 꾸민 일이 없었다고 하자. 역적질한 일이 없으니, 자복할 리가 없다. 자복한다면 정말 역적이 되는 것이고, 그 결과는 오직 죽음이 있을 뿐이다. 본인만이 아니다. 가족과 친구들이 곤장을 맞고, 귀양을 가고, 경우에 따라 함께 죽게 된다. 한사코 부인할 수밖에. 하지만 자복하지 않으면 고문이 따른다. 매를 치는 것은 물론이고, 압슬壓膝·낙형烙刑 등 악형惡刑이 따른다. 이 과정에서 죽는 사람이 적지 않았다. 고통을 견디지 못하면 결국 '지만遲晚'을 한다. '너무 오래 속여 미안하다'는 뜻의 자복하는 말이다. 이런 이유로 조선시대 문헌을 보면, 엉뚱하게 역적이 된 억울하기 짝이 없는 사람이 허다하다.

드물기는 하지만 역모에 엮였다가 풀려나는 경우도 있다. 하지만 풀려나도 사람 구실을 온전히 할 수가 없다. 고문으로 몸과 정신이 파괴된 데다가 자신의 피붙이와 벗들 역시 죽거나 불구가 되거나 귀양을 갔기 때문이다. 계속 의심의 대상이 되는 것은 물론이고, 다시 벼슬길에 나아가는 것도 불가능하다. 역모 사건에 엮이는 순간 그 사람의 삶은 끝장나고 말았던 것이다.

이치가 이렇기에 어떤 사람이 역모에 관련되었다고 말을 꺼내는 것은 그 사람을 파멸의 길로 몰아넣고자 하는 흉계 외에는 아무것도 아니었다. 이런 흉계는 당쟁이 극렬해지면서 더욱 자주 등장했으니, 눈엣가시 같은 정적을 소탕하기에 이보다 더 좋은 수단이 없었기 때문이다.

역적이라는 명사를 들먹이는 것과 비슷한 효과를 내는 말로 '사문난적斯文亂賊'이란 말이 있다. '유교 진리의 정통성을 어지럽히는 이단자'란 뜻으로 사상 검증에 등장하는 말이다. 송시열宋時烈은 자신의

정적 윤휴尹鑴를 사문난적으로 몰았다. 윤휴가 경전 해석에서 주자와 견해를 달리했다는 것이 이유였다. 경전 해석에서 주자와 견해를 달리한 사람은 윤휴만이 아니었다. 경학사에서 주자학파에 속한 학자들 중에도 주자와 경전 해석을 달리하는 사람이 적지 않았다. 그렇다 해서 그들이 유교의 진리성을 믿지 않은 것은 아니었다. 윤휴 역시 그렇다. 그는 사문난적이 아니다. 이성적으로 판단하면 빤한 이치건마는 송시열의 사문난적이란 한마디에 윤휴는 정말 이단이 되고 말았다.

2011년 서울시장 보궐선거에서 박원순 후보에 대해 '좌파', '종북주의자'라는 말이 쏟아졌다. '종북세력에게 수도 서울을 빼앗기는 일이 없기를 바란다'는 말까지 나왔다. 이런 어휘와 발언이 사실에 부합하지 않는다는 것은 누구나 알 터이다. 하기야 이런 말도 되지 않는 덮어씌우기는 어제오늘의 일이 아니다. 과거 유신 시대에는 '용공', '빨갱이' 등의 말로 사람을 옭아매었다. 간첩이란 누명을 쓰고 오갈 데 없이 간첩이 되었던 사람도 허다하다.

정말 이상한 일이다. 대한민국에서는 여당과 특정한 보수정당에 대해 비판적인 태도를 취하거나 사회적 불평등을 해소해야 한다고 말하는 사람이 있으면, 어김없이 좌파니 빨갱이니 좌빨이니 종북이니 하는 무시무시한 명사를 씌우려 든다. 저 옛날 역모를 꾸미지 않은 사람을 역적으로 몰거나, 멀쩡한 정통 유학자를 사문난적으로 단정하던 꼴을 다시 보는 것 같다.

좌파, 빨갱이, 좌빨, 종북주의 따위 어휘는 정말이지 듣기에도 지긋지긋하다. 그런 말이 별 소용없다는 사실은 생각이 있는 사람이라면 다 안다. 서울시장 선거에도 '종북'이란 명사는 별반 힘이 없었다. 시장 선거건 국회의원 선거건, 아니면 대통령 선거건 간에, 이제 꼴같잖은, 남을 더럽히고자 하는 어휘는 제발 내뱉지 말았으면 한다. 좋은 정책만을 제시하는, 좀 더 품격 있는 정치와 선거를 보고 싶다. 그래도 대한민국에서 제일 많이 배우신 분들이고, 제일 높은 자리에 계신 분들이 아닌가.

사라지는 서점을
생각하며

18세기 후반 북경을 방문한 조선 사신단은 거창하고 화려한 도시에 충격을 받지 않을 수 없었다. 하지만 그중에서도 가장 놀란 곳은 유리창琉璃廠이었다. 명대에 유리기와 만드는 공장이 있었던 이곳은 18세기 후반 거창한 서점가가 형성되어 있었다. 1772년《사고전서四庫全書》를 편찬하기 위한 사고전서관이 북경에 설립되자, 중국 출판의 본산지인 강남 지방에서 책이 유리창 서점가로 밀려들었다. 사고전서관에 납품하기 위해서였다. 하여, 유리창은 서점이 빽빽이 들어선 세계 최대의 서점가가 된다. 유리창은 골동품과 서화의 집산지이

자 지식인들이 몰리는 곳이었으니 일종의 복합 문화 공간이기도 하였다.

1778년 유리창을 방문했던 박제가는 유리창의 서점가를 보고, 조선에는 서점이 없으며 다만 책 파는 행상이 하루 종일 돌아다녀도 책한 권 팔기 어렵다며 한탄하였다. 박제가의 말처럼 서울에는 서점이 없었다. 서점은 19세기가 되어서야 서울 시내 몇 군데 생겼을 뿐이다. 그러다 19세기 말 20세기 초에 와서 서구 근대문명을 수용할 필요를 느끼자, 신식 연활자본 서적들(주로 일본 책을 번역한 것이다)이 쏟아져 나왔고, 이것을 공급하는 서점 수십 곳이 서울을 비롯한 주요 도시에 우후죽순처럼 생겨났다. 이후 출판사와 서점은 기본적으로 영리를 목적으로 삼기는 하였지만, 한편으로는 근대적 지식과 교양을 공급하는 문화적 기구로서의 색채도 짙어졌다.

불과 십수 년 전만 해도 동네의 약간 번화한 곳 어디나 작은 서점이 있었다. 잡지와 신간서적, 학습참고서를 팔았고, 때로는 대본소를 겸하는 곳도 있었다. 이 작은 서점들은 20세기 이후 한국인에게 지식과 교양을 공급하는 거의 유일한 채널이었다. 조금 큰 시내의 서점은 또 시민들의 약속 장소 구실도 하였다.

갑자기 서점 이야기를 꺼낸 것은 서면(부산의 번화한 거리)에 있던 동보서적이 없어진다는 소식을 들었기 때문이다. 생긴 지 30년 만에 문을 닫는 것이다. 아쉽기 짝이 없다. 동보서적의 폐업이 인터넷 서점과의 가격 경쟁력에서 밀렸기 때문이란 소식을 듣고 착잡한 문제가 떠올랐다. 우리의 소비 행위의 절대적 근거, 곧 동일한 상품이면 보다 값싼 것을 택한다는 원칙이 궁극적으로 우리 전체에게 이로운가 하는 문제다. 말하자면, 이마트의 피자가 보통 피자가게의 같은 품질의 피자에 비해 확실히 싸다고 하여 이마트 피자를 더 소비하게 된다면, 동네 피자집은 모두 문을 닫을 것이고, 거기서 당연히 일자리를 잃는 사람이 생겨날 것이다.

한편 그 값싼 책과 피자는 외면적으로 경영 개선이나 때로는 기술 혁신을 들먹이겠지만, 궁극적으로는 누군가의 노동에 돌아가야 할 대가, 곧 임금을 줄인 데 근거할 것이다. 즉 값싼 노동력이 값싼 가격의 배후에 있는 셈이다. 그리고 자신의 노동력을 헐값에 팔 수밖에 없는 사람들은 다름 아닌 우리와 우리의 이웃들이다.

더욱 비극적인 현실은 책방이나 피자가게뿐만이 아니라 거의 모든 곳에서 동일한 현상이 일어나고 있다는 것이다. 동네 빵집, 동네 슈퍼가 사라지고 있고, 미구에 소멸할 터이다. 결국 거대 자본 외에는 아무것도 살아남지 않는다는 뜻이다. 범상한 우리는 모두 대기업의 값싼 노동자로만 존재하리라. 이 말을 하자니, 우울해진다!

또 하나의 문제는 지역에 뿌리박은 토착기업이 사라진다는 것이다. 토착기업이 사라진다는 것은 지방 사람들이 삶의 터전을 상실한다는 이야기와 같다. 이것은 내가 가르친 학생들이 제 고장에서 일터를 찾을 수 없다는 말이다. 어찌 답답한 일이 아니겠는가.

영화 〈유브 갓 메일〉에서 주인공 멕 라이언은 대형 서점 때문에 자신의 작은 어린이책 전문 서점을 잃고 만다. 동보서적과 동일한 운명이었던 것이다. 다만 멕 라이언은 그 대형 서점의 사장 톰 행크스를 애인으로 얻고, 그 대형 서점에서 일자리를 찾는다. 하지만 이것은 로맨틱코미디일 뿐이다. 우리가 값싼 상품이라면서 소비하는 개별적 행위가 결국은 나의 노동력의 값을 떨어뜨리고, 내 직장을 없애는 결과가 된다. 이 문제를 어떻게 해결해야 할 것인가. 정부와 정치인들은 이 물음에 답해야 할 것이다.

개혁은
어디서부터
시작되어야 하는가

정조는 즉위 후 어느 정도 정치적 안정을 얻자 정조 2년(1778) 6월 4일 민산民産·인재·융정戎政·재용 등 네 가지 부분에 걸친 장문의 대고大誥를 선포한다. 네 가지는 모두 당시 조선이 안고 있던 병처病處를 통렬히 드러내고 있었다. 그중 민산이 가장 큰 문제였다. '백성의 생업'으로 번역되는 이 말은, 상업이나 수산업 등을 포함하기도 하지만, 주로 농업을 의미했다. 그리고 농업국가에서 농업은 곧 토지의 문제였고 더 좁히면 토지소유의 문제였다. 정조의 지적 역시 이를 정확히 드러내고 있다.

백성의 산업을 제정해주는 일은 반드시 경계經界로부터 시작한다. 상고 시절의 정전井田은 너무나 오래된 것이고, 오직 명전名田 한 가지만이 가장 가까운 시대의 것이지만, 진나라 한나라 이래로는 시행한 적이 없다.

　　우리나라의 경우, 땅이 좁고 작은 데다가 산과 골짜기가 대부분이라서 정전의 경계를 긋기 어렵고 토호들이 토지를 병탄하여 조종조의 융성하던 시기에도 균전均田과 양전量田의 의논은 막혀 시행되지 않았다. 대개 풍습을 바꾸기 어렵고 뭇사람들이 시끄럽게 떠들기 때문이었다.

　　아, 백성의 먹을 것은 오직 부지런히 농사를 짓는 데 달려 있는데, 사람들이 각각 자기 농토를 가질 수 없다면 아무리 힘써 농사를 짓고 싶다 한들 그것이 가능하겠는가?

　　정조는 백성들이 각각 자기 토지를 소유하는 자작농이기를 바랐지만, 현실은 전혀 달라 우리가 지금 익히 아는 바처럼 대부분의 농토는 토호들의 소유물이 되어 있었다. 과도한 소작료와 세금, 봄에 빌려 먹은 환곡을 갚느라 백성들의 살림이 거덜 나는 것은 왕인 정조부터 말단의 관료까지 모르는 사람이 없었다. 굶주려 죽은 백성의 시체가 땅에 뒹굴고 부모 잃은 아이들이 유리걸식하는 것은 흔히 볼 수 있는 광경이었다.

　　당연히 토지제도를 개혁하여 백성들에게 토지를 돌려주어야 한다는 말이 나왔다. 개인이 소유할 수 있는 토지의 상한선을 정하자는 말도 있었고, 개인의 생계를 보장해주는 최소한의 땅은 사고팔지 못하게 하자는 주장도 있었다. 그 기본 정신은 요즘의 토지소유 상한제나 최저임금제에 맞닿아 있는 것이다. 하지만 이것은 어떤 형태로든 기존의 토지소유자가 땅을 빼앗기는 것을 의미했다. 반대자가 많았던 까닭은 바로 그 때문이었다. 정조 역시 여러 토지제도를 검토했지만, 결국 토지제도 개혁에 손을 대지 않았으니, 기득권층의 반발이 두려웠기 때문이다.

그렇다 해서 문제의 해결 방법이 없는 것은 아니었다. 여러 사람들이 《경국대전》에 실린 20년마다 시행하도록 규정해놓은 양전을 온건한 해결법으로 꼽았다. 현재 존재하는 토지의 면적, 비옥 정도, 경작 여부, 소유자를 정확히 밝히고 그것에 따라 세금을 내게 하는 간단한 방법이야말로 문제 해결의 지름길이었다. 하지만 사정은 딴판이었다. 예컨대 수십 년 전에는 경작했지만, 홍수로 흙이 덮여 경작하지 않은 땅에 계속 세금을 물리는 일이 허다했고, 내가 개간한 땅이 남의 땅이 되는 일이 다반사였다. 따라서 정확한 양전이야말로 백성들에게 노동 의욕을 불러일으킬 만했다. 왜냐? 노동의 결과를 정확히 예측할 수 있었기 때문이다. 하지만 양전은 거의 실패했다. 《정조실록》을 훑어보면 양전은 부분적으로만 이루어졌고, 그나마 대부분 성과를 거두지도 못했던 것으로 보인다.

1790년 선혜청宣惠廳 제조 정창순鄭昌順은 정조에게 양전을 청하면서 이렇게 말한다. "옥토와 박토는 구분되지 않고, 묵은 땅과 경작하는 땅이 서로 뒤바뀌어 있으며, 토호들은 토지를 겸병하고 있습니다. 백성들이 고통을 받는 것은 모두 여기에 근거한 것입니다." 핵심을 찌르는 정창순의 말에 정조는 "정말 경의 말처럼 서로 그대로 지내며 오늘도 내일도 작년도 올해도 그저 미루어대는 것을 전례로 본다. 수령이 일하려 들지 않는 것은 말할 것도 없거니와 도道를 맡은 자(관찰사)들조차 백성의 일을 이처럼 대수롭지 않게 보니, 어찌 크게 개탄할 일이 아니겠는가?"라고 답한다.

균전도 양전도 아무것도 되지 않았다. 문제가 어디에 있는지도 알았고, 해결책이 무엇인지도 알았다. 하지만 아무도 실천하지 않았다. 19세기 들어 조선사회가 회복할 수 없는 나락에 떨어진 것은 바로 이 때문이었다. 이유는 관료직을 독점한 지배계급의 탐욕과 복지부동에 있었다. 정조 역시 큰 책임을 면하기 어렵다. 관료를 탓하기만 했을 뿐 그조차 양전 사업에 적극적이지 않았다. 그 역시 기득권층이었던 것이다.

그래서 《정조실록》을 읽다가 문득 든 의문이다. "개혁은 어디서부터 시작되어야 하는가?"

기사 없는 실록

참고할 것이 있어 《헌종실록》과 《철종실록》을 볼 때면, 쓴웃음을 짓지 않을 수 없다. 이전의 《실록》은 기사記事가 없는 날이 없다. 예컨대 《정조실록》의 경우 기사가 너무 많아 번거롭다고 느낄 때도 있다. 기사 중 가장 많은 것은 상소문이고, 그중 또 많은 것은 대간臺諫이 올린 것이다. 대간은 어떤 사건에 대해 자신이 얻은 정보를 주워섬기고 논리를 구성한다. 그것이 당파적 이해에 관계되었다 해도, 어쨌거나 하고 싶은 이야기를 잔뜩 늘어놓는다. 반대의 당파 역시 그렇게 한다. 이게 정상이다.

한데 어쩐 일인지《헌종실록》과《철종실록》을 보면, 기사 자체가 아주 적고, 대간의 발언도 그리 많지 않다. 있는 기사라고 해봐야 거개 한두 줄에 불과하다. 심지어는 아무런 기사도 없는 날이 이어지기도 한다. 갑자, 을축, 병인…… 따위의 간지干支만 써놓고 그 아래에 단 한 자의 글자도 없는 것이다.《실록》번역에는 나 역시 참여한 적이 있는데, 이런 경우 간지만 열 번 쓰고 원고지 한 장을 채우게 되어, 때로는 횡재한 기분이 들기도 하였다.

어쨌거나《헌종실록》과《철종실록》을 보면 태평성대가 따로 없다. 아무것도 적혀 있지 않으니 아무 사건도, 아무 문제도 없어 보이는 것이다. 물론 이것이 진실일 리 없다. 헌종·철종 때라고 해서 사건이 없었을 리 만무고, 문제가 없었을 리 만무다. 아니 조선시대 전체를 통틀어 백성들의 살림이 그 시대보다 더 어려운 적이 없었다. 하지만 그것은《실록》의 공적인 기록에 남지 않았다.

궁금한 것은 정조 때까지 그렇게 격렬한 상소문을 올리던 신하들, 특히 대간들이 다 어디로 갔느냐 하는 것이다. 의정부와 육조, 그리고 사헌부와 사간원이 없어지기라도 했다는 말인가? 그건 아니다. 영의정·좌의정·우의정·육조판서는 없어지지 않았고, 양사兩司의 헌관憲官과 간관諫官도 멀쩡히 있었다. 그들은 입은 있었지만, 아무 말을 하지 않았던 것이다.

알다시피 헌종·철종 시대는 풍양 조씨와 안동 김씨 세도가 있었다. 세도정치란 한 가문이 국가권력을 독점한 정치형태다. 조씨와 김씨는 왕보다 더 큰 권력을 쥐고, 국가를 사유화했다. 자기 당파, 자기 집안사람들에게만 노른자위 관직을 차지하게 하고 팔아먹고, 또 그 관직을 얻거나 사들인 자들은 백성을 쥐어짜고! 그렇게 19세기 조선은 병들어갔다.

그런데도 《실록》에 별반 기록이 남지 않은 까닭은 그것을 절실히 말하는 사람이 없었기 때문이다. 왕권과 관료에 대해 비판하고, 정치의 득실을 따져 말하는 것이 대간의 고유한 임무였다. 하지만 헌종·철종 때의 대간이란 세도가문의 출신이거나, 세도가문의 구미에 맞는 자들이었으니, 무슨 비판할 능력과 의사가 있었겠는가? 세상이 어떻게 돌아가도, 백성이 결딴이 나도 관심 밖이었다. 그러니 《실록》에 쓸 것이 없었을 터이다.

지금 시대의 방송과 신문은 비판적 기능을 맡고 있다는 점에서 조선시대의 대간과 같다. 하지만 방송의 뉴스나 신문의 지면을 보면, 아무래도 헌종·철종 시대의 대간과 같다는 느낌을 지울 수 없다. 근자에 TV의 9시 뉴스를 보았더니, 사회적으로 엄청난 함의를 갖는 사건은 중간에 잠시 나오는 둥 마는 둥 얼핏 보였다 금세 사라지고, 들으나 마나 한 뉴스는 시시콜콜 자세히도 다루고 있었다(하긴 이건 어제오늘의 일이 아니다). 신문 역시 마찬가지다. 부수가 많은, 영향력이 높다는 신문일수록 이상하게도 중요한 뉴스는 저 구석에 가 있고, 기사의 크기도 작다. 정말 모를 일이다. 21세기에 헌종과 철종 시대 대간의 모습을 보다니!

다산은 〈직관론職官論〉에서 세상이 잘 다스려지고 백성이 편안해지려면, 관각館閣과 대간이 없어져야 한다고 말했다. 요즘 방송과 신문의 뉴스를 보고, 엉뚱하게도 기사 없는 《헌종실록》과 《철종실록》을 떠올리며, 한편 다산의 말에 고개를 주억거리게 된다.

허울 좋은
공정성과 평등,
과거와 고시

조선은 양반 관료 사회였고 관료가 국가권력을 독점하였다. 과거
는 그 관료를 선발하는 시험이었다. 시험으로 관료를 선발한다는 점
에서 과거는 혈통에 의한 귀족적 지배를 넘어선 것이기에 비교적 진
일보한 제도였다고 하겠다. 하지만 문제는 허다하였다.

조선시대 정식 과거로는 3년에 한 번씩 치르는 식년시式年試가 있
었다(최종 합격자 33명을 선발했다). 이외에 부정기 시험으로 국가의
경사에 치르는 증광문과를 필두로 별시문과, 외방별과, 알성문과, 정
시문과庭試文科, 춘당대문과 등이 있었다. 성균관 유생에게만 응시 자

격을 주는 반시泮試란 약식 과거도 있었다. 반시에는 인일제(1월 7일), 삼일제(3월 3일), 칠일제(7월 7일), 구일제(9월 9일) 등의 절일제가 있었고, 이외에도 제주도에서 귤이 올라오면 유생들에게 하사하고 치르는 황감제黃柑製와 유생이 성균관에 기거하며 식사를 한 기록인 '도기'를 점검하여 일정한 점수를 넘는 사람에게 베푸는 도기과到記科가 있었다. 반시는 성균관 유생을 격려하기 위한 시험으로 합격자를 내는 것은 아니었다. 최고점을 얻은 유생에게는 정식 과거의 최종 시험(전시殿試)이나, 2차 시험(회시會試)에 응시할 자격을 주었고, 그 외는 일정한 점수를 주어 뒷날 정식 과거에서 얻은 점수에 합산해주었다. 이상이 과거의 아주 간단한 요약이다. 과거는 시험이었기에 공정성을 원칙으로 삼았다. 하지만 원칙은 원칙이었을 뿐이고, 공정성은 언제나 위협받았다. 특히 과거는 임병양란 이후 내부에 간직하고 있던 모순을 폭발적으로 드러내기 시작하였다.

17세기 중반 이래 서울에 세거하는 양반을 경화세족京華世族이라 하는 바, 이들은 주요 관직을 독점하였고, 과거 합격 역시 이들의 전유물이 되었다. 현종 원년(1660) 부교리 이민서는 경화 사람만 등용하고 지방 인재는 등용하지 않는 불공정을 시정해야 한다고 지적한다.■ 이후 경화세족이 관직을 독점하고, 국가권력을 사유화한다는 지적은 문헌에 일일이 열거하기 어려울 정도로 많이 실려 있다. 예컨대

■《승정원일기》 현종 원년(1660) 11월 11일.

숙종 37년(1711) 영의정 서종태는 적어도 선조 때까지는 지방의 한미한 사람도 재능이 있으면 고위 관료가 되는 경우가 많았지만, 자신의 시대에 와서는 그런 현상이 사라졌다고 지적하고 있다. 그는 특히 영남의 양반이 관직을 얻는 경우가 사라졌음을 지적한다. 서종태의 발언은 당쟁의 결과, 특히 숙종 초기 영남의 남인들이 권력에서 제거된 것을 반영한다.

당쟁을 통해 경쟁자를 제거한 경화세족이 조선이 망할 때까지 권력을 독점할 수 있었던 것은 과거를 장악했기 때문이다. 정기시인 식년시는 경전의 이해 정도를 시험하는 강경講經과 작문 시험인 제술製述을 모두 고시했고, 또 시험은 1·2·3차에 걸쳐 있었다. 하지만 별시인 정시·알성시·춘당대시는 제술로만 치는 이른바 사과詞科였고, 또 시험 당일 합격자를 발표하는 당일방방當日放榜이었다. 경화세족은 시험 과목이 간단하고 당일 합격자를 발표하는 사과에 집중적으로 응시했다. 경화세족은 무엇보다 정보를 선점했고 과거에 필요한 비용도 넉넉하였다. 과거에 응시하는 선비들 중 반은 경상卿相의 자제라는 정조의 말 ▪은 바로 이런 배경을 갖고 있는 것이었다. 또 시험 문제를 출제하는 시관이 친인척이거나 같은 당파였으니, 경화세족이 시험에 유리한 것은 두말할 필요가 없었다. 사과는 경유京儒의 특기인 표表만 출제하고, 향유鄕儒가 잘 짓는 송頌과 부賦를 출제하지 않았

▪《승정원일기》 정조 12년(1788) 10월 15일.

기에 합격자는 모두 경유들이었고, 향유는 거의 없었다.

사과에서는 부정이 얼마든지 가능하였다. 수만 장의 답안지를 하루 안에 채점하여 합격자를 발표하는 것은 불가능에 가까웠다. 그중 일부만을 채점하여 합격자를 발표하는 것이 다반사였고, 심지어 답안지를 보지 않고 합격자를 내는 경우도 있었다. ■ 더욱이 경유들은 성균관에 이름을 올리고 반시를 통해 많은 점수를 이미 따놓은 상태에 있었다. '절일제의 합격자는 한강을 넘어가지 않는다'는 말은 절일제가 경유의 독점물이라는 뜻이었다. 실력 있는 경유가 합격하는 것도 아니었다. 반시에 합격하는 자는 태반이 재상가의 몽학 수준을 벗어나지 못한 연소한 자제라는 것이다. ■■ 영조는 이런 현상을 '과장科場에 문벌이 있다'는 말로 요약했다. 경화세족의 별시 독점으로 인해 '정시와 알성시는 한강을 넘지 않는다'는 말도 생겨났다. ■■■

경화세족 가문의 자제가 과거에 응시하면 따라가는 사람, 곧 수종隨從이 수십 명이었다. 답안의 내용을 대신 작성하는 사람인 거벽巨擘과 그 답안지를 깨끗하게 정서하는 사수寫手가 따라 들어갔다. 법으로 금지된 서책을 잔뜩 가지고 간 것은 물론이다. 이들은 먼저 덩치큰 노복이나 사나운 무뢰배를 동원하여 가난한 선비, 시골 선비를 내쫓고, 문제지를 내건 현제판懸題板에 가깝고 답안지를 빨리 제출하기

■《승정원일기》 영조 17년(1741) 11월 12일. 지평 이기언의 상소.
■■《승정원일기》 정조 11년(1787) 1월 10일. 헌납 권회의 상소.
■■■《승정원일기》 영조 10년(1734) 12월 24일.

에 좋은 자리를 잡았다.[■] 그리고 누구보다 빨리 답안지를 제출했다. 답안지를 빨리 제출하는 것을 조정투정이라 하는 바, 영조 원년 정언 박규문은 조정의 문제를 이렇게 지적한다. "모든 과거의 응시자들이 오직 답안지를 빨리 제출하려 하는 것은, 고시관이 일찍 제출한 답안 지에서만 합격자를 뽑기 때문이다." 빨리 답안지를 제출하기 위해 경유는 사수를 데리고 들어가 답안지를 대신 써서 바치게 하였다. 이 에 반해 향유는 답안을 구상하고 초안을 쓴 뒤 자기 글씨로 급히 써 서 내기 때문에 답안지가 시원찮았다. 그래서 합격자 발표를 보면, 경유는 합격하고 향유는 불합격이었다.^{■■} 수종·거벽·사수·협책挾 冊은 모두 불법이었지만, 19세기 말까지 사라지지 않았다.

경화세족이 아닌 사람들이 과거에 합격하는 경우가 없는 것은 아 니었다. 하지만 그들을 걸러내는 장치가 있었다. 과거 합격자는 승문 원·성균관·교서관에서 일정한 수습 기간을 거친다. 이렇게 수습 기 관을 정해주는 것을 분관分館이라 하는 바, 승문원으로 분관을 받아 야 고위 관료로서 출세가 가능하였다. 이것은 당연히 경화세족의 몫 이었다. 성균관과 교서관 분관은 지방 양반이나 서얼, 중인의 몫이었 다(분관을 해주지 않는 경우도 허다하였다). 또 국가권력이 집중된 청요 직清要職으로 나아가려면 반드시 홍문관 관원의 후보자 명단인 도당

■《승정원일기》영조 46년(1770) 9월 4일 (28/30). 병조판서 이경호의 지적.
■■《승정원일기》영조 원년(1725) 8월 4일. 정언 박규문의 계사.

록都堂錄에 이름이 올라야 하는 바, 이름을 올리는 권한은 경화세족이 쥐고 있었다. 자연히 경화세족이 아닌 사람은 이름을 올릴 수 없었고, 결국 홍패紅牌(과거 합격증)만 안고 평생을 보내거나 미관말직을 한두 차례 지내고 은퇴하는 것이 일반적 현상이었다.

과거를 치지 않았거나 불합격한 경화세족에게는 다른 루트가 마련되어 있었다. 문음門蔭이 그것이다. 문음직은 주로 현감이나 군수 같은 외관직을 가리켰다. 정조 시대를 예로 들자면, 모두 312개 자리였는데, 그중 무관이 90개, 문과 출신이 43개, 음직이 179개였다.■ 57%가 음직으로 절반이 넘는다. 경화세족의 자제들이 문음으로 진출하여 능력과 상관없이 지방 수령직을 맡는 데 반해, 과거 출신들은 폐기되는 확률이 높다는 지적이 있을 정도였다.■■ 게다가 수령직 중 이른바 번화하고 물산이 풍부한 곳은 경화세족의 차지였다. 영조 3년 박문수는 경화의 문음으로서 세력이 있는 자는 반드시 이름난 고을로 보내고, 가난한 고을은 늘 시골 출신의 한미한 사람을 임명해 보낸다고 지적하고 있는 바, 이름난 고을과 가난한 고을은 지방관이 착취할 수 있는 재화의 양을 의식한 것이었다.■■■ 이들은 무능과 부정으로 처벌받는 경우도 없었다. "음관은 대부분 벌열 출신으로서 관찰사와 친구가 되거나 인척이 되어 흠이 있어도 논하지 않고 단지

■《일성록》정조 12년(1788) 1월 19일.
■■《승정원일기》정조 12년(1788) 1월 23일. 장령 오익환의 상소.
■■■《승정원일기》영조 3년(1727) 11월 25일.

임기가 차기만을 기다려 갈린다"는 것이었다. ■

　과거는 공정성을 표방한 시험이었다. 하지만 이상에서 보았다시피 그 공정성을 표방한 시험을 통해, 조선후기의 경화세족은 요직을 독점하고, 국가권력을 사유화하였다. 과거의 폐단을 개혁하자는 말은 차고 넘칠 정도로 많았지만, 한 번도 진지하게 실행된 적이 없었다. 왜냐? 국가권력을 사유화한 경화세족이 자신에게 유리한 조건을 바꿀 리 만무했기 때문이다.

　과거는 지금의 고시다. 그것은 국가가 주관하는 시험이기에 당연히 공정성을, 그리고 또 개천에서 용이 날 수 있는 기회의 형평성을 표방한다. 하지만 과연 그럴까? 2010년 9월 8일자 《서울신문》의 〈행시 개편 논란 이렇게 풀자(상) 고시낭인과 순혈주의〉에 의하면, 사시, 로스쿨, 행시, 외시의 응시자는 약 13만 명이고, 합격자는 1천 5백 명이 되지 않는다. 1.2%가 합격하는 것이다. 같은 기사에 의하면 지난 3년간 행시 합격자의 70.4%는 서울대·연대·고대 출신이었다. 고시 출신은 관료직의 상층부를 구성한다. 그리고 권력이 고도로 집중된 관료 피라미드의 정점에는 서울대가, 바로 그 아래에는 연대·고대 출신이, 그리고 그 아래에는 기타 대학 출신이 자리 잡고 있을 것이다.

　이른바 스카이 대학은 현대의 경화세족이다. 현대의 경화세족에 의한 고시의 독점은 서울과 지방이란 지역 차별과 한국사회의 카스

■《일성록》 정조 12년(1788) 8월 18일.

트인 학벌에 의한 개인 차별, 그리고 궁극적으로는 현재 깊이 진행된 부의 소유에 따른 계급적 차이를 정확하게 반영하고 있다. 곧 고시는 과거처럼 공정성과 평등을 표방하지만 실제로는 불공정, 불평등한 한국사회의 구조적 모순을 그대로 실행하는 장치일 뿐이다. 더욱 가공할 사실은 고시를 통해 국가권력을 장악한 사람들이 정계와 재계, 언론계와 학벌과 혼맥 등으로 수없이 얽히면서 한국사회를 세습적으로 지배하는 세력이 되어 있다는 것이다.

❀

허울 좋은 평등을 내세운 고시제의 폐지를 두고 논란이 있을 수 있다. 폐지한 뒤 새로 도입하는 제도가 지금의 기득권층에게 유리하게 작용할 수 있다는 반론이 제기될 수도 있는 것이다. 단 하나 해결책은 시험의 형태를 띠든 그렇지 않든 간에, 국가권력을 일부 세력이 독점하거나 세습하지 못하게 하는 보다 새로운 제도를 모색하는 데 있을 것이다. 다만 그것은 관료의 충원 방법 개선이란 수준을 넘어 평등이란 가치의 실현이라는 더욱 근원적인 사회 개혁을 요구할 것으로 보인다.

살처분과 생명

구제역으로 피해를 본 농민들이 아주 낙담하고 있다는 기사를 보았다. 하루아침에 키우던 가축을 모두 잃었으니, 농민들의 심정이 오죽 딱할 것인가. 먼저 그분들에게 위로의 말씀을 건넨다. 그 기사를 보면서 달리 짠한 마음이 들었다. '살처분'이란 말 때문이다. 살처분은 깡그리 죽여 처리했다는 무시무시한 말이다. 그 구체적 과정이야다 아는 터이다. 굴착기로 커다란 구덩이를 파고 구제역 바이러스에 감염될 가능성이 있는 소와 돼지를 밀어 넣은 뒤 흙으로 덮는다. 짐승들은 무슨 영문인지도 모르고 구덩이 속에서 숨이 막혀 죽어갔을 것이다. 살처분이 이번 구제역에만 있었던 것도 아니다. 조류독감 때도 닭과 오리를 대량으로 살처분했으니, 전염성이 높은 가축의 병에는 '살처분'이 자동적으로 따르는 것이다. 살처분이 불가피하다는 점은 안다. 하지만 그 생명들은 그저 고깃덩이일 뿐인가, 아니면 돈을 벌어주는 도구일 뿐인가. 이런 의문은 여전히 남는다.

정조는 《홍재전서》에 〈벌레들을 잡아 물에 던지는 일에 대한 윤음 綸音〉을 남기고 있는데, 살처분과 관련하여 생각해볼 만하다. 요지는 이렇다. 현륭원은 정조의 부친인 사도세자의 무덤이다. 정조가 현륭원에 각별히 신경을 썼던 바는 굳이 여기서 췌언할 필요가 없을 것이다. 어느 날 현륭원 주위에 심은 나무에 벌레가 생겨 나무를 갉아먹는다(아마도 송충이가 아닌가 한다). 정조는 처음 현륭원에 나무를 심었던 주변 10여 개 고을의 수령에게 관속들을 거느리고 가 벌레를 잡게 한다. 정조는 더운 여름 벌레를 잡느라 고생한 사람들을 생각하니, 마음이 아프다. 그래서 돈을 주고 잡은 벌레를 사들인다. 수고에 대한 대가를 치른 것이다.

한데, 벌레 역시 생명이 아닌가. 정조는 벌레가 날아 바다에 들어가면 물고기나 새우로 변한다는 말을 들었다면서, 잡은 벌레를 가까운 바닷물에 던져버리라고 명한다. 그 이유를 좀 더 살펴보자.

이 벌레들은 벌이나 누에처럼 무슨 이로움이 있는 것도 아니고, 도리어 모기나 등에처럼 몹시 해로운 것이지만, 또한 꿈틀거리며 살려

하는 생명이다. 성인께서 그 이로움을 기록하고 그 해로움을 밝히신 뜻을 따라 본디 잡아서 제거해야 마땅하겠지만, 제거할 즈음에도 또한 응당 고려하는 바가 있어야 할 것이다. 곧 살려주려는 은덕이 그즈음에 함께 이루어지게 해야 할 것이다. 벌레의 성질에 따라 해로움이 크거나 작다고 구별하지 말라. 몰아서 물 있는 곳으로 내쫓는 것이 불로 태워서 죽이는 것보다 나을 것이다.

사람에게 이익이 되는가, 해가 되는가를 넘어 벌레들은 모두 살기 위해 꿈틀거리는 생명이다. 정조는 해충 속에서 생명의 의지를 보았다. 죽이지 않을 수는 없지만, 그래도 '살려주려는 은덕'을 베풀어야 한다는 것이다. 불로 태워 죽이기보다 물에 던지라는 것은 바로 그 '살리려는 덕'이다.

송충이를 죽이지 말고 물에 던지라는 정조의 발언을 이상하게 여길 수도 있다. 하지만 잔인하게 태워 죽이지 말고, 물에 던져 혹 물고기나 새우로 살아날 기회를 주라는 발언은 의미하는 바가 깊다. 그 말에는 미물의 죽음까지 자신의 고통으로 느끼는 생명 존중의 사상이 깊이 깃들어 있는 것이다.

조류독감과 구제역으로 인한 살처분을 보면서 해충조차 살려는 의지를 가진 생명으로 보았던 정조의 생명 존중 사상을 생각한다. 결국 인간의 손에 죽어야 될 동물이니까, 살처분이 무어 그리 대수냐고 되물을 수 있다. 그렇다면 결국 죽어야 할 사람이니, 내가 누구를 죽이는 일이 무슨 큰 죄가 되느냐고 말할 수도 있는 것이다. 최후로는 전쟁을 일으키는 것도 합리화될 터이다.

　문제는 생명이다. 결국 죽어 없어질 존재이지만, 살아 있는 생명을 구덩이에 묻어 죽이고도 아무런 느낌이 없는 사회와 그것을 보고 죄책감과 연민을 느끼는 사회는 하늘과 땅처럼 차이가 난다. 우리가 지향하는 사회의 문화적 토대는 과연 어느 쪽을 택해야 할 것인가.

다
섯

다산이 생각한
어린이의 공부 시간

  조선에서 으뜸가는 학자로 다산을 꼽는다면, 반대할 사람이 그리 많지 않으리라. 그가 남긴 학문적 업적의 양과 질, 그리고 그 내용의 진지함을 넘는 사람을 찾기란 쉽지 않을 것이기 때문이다. 그런 다산이니 어렸을 때부터 공부도 엄청나게 하고, 또 부모가 공부를 많이 시켰을 것 같다. 하지만 그의 어린 시절에 관한 이야기라면 전설이 될 정도로 총명했다는 소문만 낭자할 뿐 정작 어떻게 공부했는지는 알려져 있지 않다.

  그렇다면 그는 어린아이의 공부에 대해 어떻게 생각했던가. 다산의 글 중에 〈《통감절요通鑑節要》에 대한 평評〉이 있다. 22권 잡평에 〈《사략史略》에 대한 평評〉이란 글과 나란히 실려 있는데, 둘 모두 다산 당시 아동용 교과서로 쓰이던 《통감절요》와 《사략》이란 책이 아동들에게 아주 불필요한, 아니 해롭기까지 한 책이라는 점을 역설한 글이다. 그 주장에 나 역시 사뭇 동감하는 터이다. 하지만 여기서 그 주장을 반복하고 싶지는 않다. 정작 나의 관심을 끄는 것은 〈《통감절요》에 대한 평〉 서두에 실린 아동의 공부하는 시간에 관한 부분이다.

다산은 아동의 공부하는 기간에 대해 이렇게 말한다. "어린이가 글을 읽는 기간은 대개 9년이다. 8세부터 16세까지가 바로 그때다." 지금으로 치면 얼추 초등학교에 입학해 중학교를 졸업할 때까지다. 이 시기를 넘기면 어른으로 쳐주는 것이다. 조선시대 군역도 16세부터 졌으니까 말이다. 다산은 이 9년을 몇 단계로 나눈다. 먼저 8세부터 11세까지. 이 기간은 "아직 소견머리가 나지 않아 글을 읽어도 그 뜻을 모른다"고 한다. 즉 워낙 어려 책을 읽어도 무슨 소린지 통 모른다는 것이니, 요즘 말로 하자면 공부를 해도 학습 효과가 거의 없다는 뜻이다. 다음은 15, 16세다. 이때는 "음과 양을 알고, 좋아하는 것이 생겨, 여러 가지 물욕이 마음을 어지럽힌다"고 한다. 사춘기를 말하는 것이 아닌가 한다. 음과 양, 곧 남자와 여자의 차이를 알고, 자아가 형성되어 좋아하고 싫어하는 것이 분명해진다. 그래서 마음이 따로 끌리는 데가 있어 공부하기 어렵다.

이런 까닭에 12세에서 14세까지의 3년이 독서를 할 만한, 즉 공부를 할 만한 시간이 된다는 것인데, 이 3년도 모두 공부에 바치는 것이 아니다. 다산은 여름은 몹시 덥고, 봄과 가을은 아름다운 날이 많아 아이들이 놀기 좋으므로 모두 글을 읽기에 적당하지 않다고 말한다. 이런 이유로 남는 것은 9월부터 이듬해 2월까지 1백 80일 정도가 공부할 수 있는 시간이 된다. 즉 가장 공부하기 좋은 12세부터 14세까지도 한 해에 절반 정도만 공부할 수 있는 날이라는 의미다. 1년에 1백 80일이면 3년에 5백 40일이다. 한데, 다산은 이마저도 모두 공부하는 날은 아니라고 한다. 세시歲時에 따른 놀이가 있다는 것이다. 썰매타기, 연날리기, 팽이치기 따위이다. 여기에 또 몸이 아파서 앓는 날, 기타 우환이 있는 날을 제하면 실제 공부할 수 있는 날은 약 3백 일 가량이 된다는 것이다. 9년을 통틀어 3백 일이 공부를 할 만한 날이라니, 너무나 적다. 하지만 적기에 또 너무나 귀중하다. 이런 귀중한 시간을 형편없는 교과서인 《통감절요》를 배우는 데 소모해서야 되겠느냐는 것이 다산의 말이다.

다산 같은 '공신(공부의 신)'도 아이들의 공부 시간을 9년에 3백 일로 잡았다. 그런데 우리는 어떤가. 그 9년을 학교에다 아이들을 가두고, 일제고사니 과외니 하면서 아이들을 때려잡는다. 물론 전근대의 공부와 근대 이후의 공부가 다르다고 말할 수도 있다. 하지만 '공부'라는 점에서는 다를 바 없다. 다산은 아이들의 지혜 구멍이 열리지 않은 시기와 사춘기를 고려했다. 거기에 놀기 좋은 시절에는 또 놀아야 한다고 여겼다. 세시놀이도 빼먹지 않았다. 그런데 우리는 어떤

가. 초등학교 어린것들을 이 학원, 저 학원으로 돌리면서 시험 준비에 목숨을 걸라고 말한다. 경기도 어느 초등학교에 '필승, 6학년 목숨 걸고 공부하는 기간, 국가수준 학업성취도 평가대비'란 플래카드가 걸렸다는 소식을 접하고 하는 말이다. 어린것들을 이토록 괴롭히는 공부가 어찌 공부란 말인가. 다산 같은 '공부의 신'도 아이들이 공부할 시간은 얼마 되지 않는다고 말하지 않았던가.

대한민국이 정말 발전하려면 아이들을 공부에서 해방시켜 즐겁게 놀게 해야 할 것이다. 이 사회를 이끌 창의력과 자율성은 바로 거기서 생기는 것이다.

이덕무의
아동교육론

앞에서 이야기한 다산의 아동교육론은 청소년들에게 지나치게 많은 공부를 시키지 말라는 말이었다. 이번에는 이덕무의 아동교육에 대한 주장을 한번 들어보자.

이덕무는 알려진 바와 같이 《사소절土小節》이란 책을 남기었다. 선비들이 갖추어야 할 소소한 예의범절을 모은 것이다. 한데 이 책에는 여성과 아이의 예의범절도 있다. 6, 7권 〈부의婦儀〉는 여성의, 8권 〈동규童規〉는 아이들의 예의범절을 다루고 있다. 〈동규〉를 읽어보면 절로 웃음이 난다. 별별 시시콜콜한 것까지 언급하고 있기 때문이다.

물론 마음을 가장 잡아끄는 것은 공부에 관한 언급이다.

이덕무는 참으로 의미가 있는 글이라면서 명나라 장황章潢이 쓴 《도서편圖書篇》이란 책의 한 부분을 인용하는데, 그중 일부를 들면 다음과 같다.

많은 양의 글을 가르치는 것은 중요하지 않다. 오직 정밀하고 익숙하게 가르치는 것이 중요한 법이다. 아이의 타고난 능력을 헤아려 2백 자를 배울 수 있는 아이에게는 단지 1백 자만 가르쳐 늘 정신과 역량에 여유가 있도록 해주면, 싫증을 내지 않고 스스로 깨치는 아름다움이 있을 것이다.

글을 읽을 때는 마음을 오롯이 한곳에 모아 입으로는 외면서 마음으로는 그 뜻을 생각하게 해야 한다. 그리고 글자와 글자, 구절과 구절의 뜻을 거듭 찬찬히 풀어나가고, 글 읽는 소리에 억양을 붙이며 자신의 마음과 뜻을 넉넉히 열어놓게 해야 할 것이다. 이런 공부를 오래하면 올바른 도리가 몸에 충만하고, 총명이 날로 열릴 것이다.

어린이에게 많은 양을 가르치는 것은 중요하지 않다고 한다. 2백 문제를 배울 수 있는 능력을 갖춘 아이에게는 그 반인 1백 문제만 가르쳐서 아이가 정신과 역량에 여유를 가지게 하란다. 그러면 아이가 싫증을 내지 않고 스스로 깨닫는 아름다운 교육 효과를 볼 수 있을 것이란 말이다. 이렇게 어린이의 능력으로 충분히 도달할 수 있는 공

부의 양을 정해주고, 그 공부에 집중하게 하면, 올바른 도리를 깨치고 총명이 날로 열리게 된다. 아이의 역량을 넘어서는 공부를 강요하지 말라는 말이다.

이덕무는 또 자신의 경험을 든다.

아이들에게 읽히는 글은 시간을 배정해서 횟수를 정하되, 그 시간을 넘어서도 안 되고, 더 읽어서도 덜 읽어서도 안 된다. 나는 어릴 적에 하루도 나에게 주어진 책 읽기를 빼먹지 않았다. 아침에 40~50줄을 배워 50회를 읽었는데, 아침부터 저녁때까지 다섯 차례로 갈라서 한 차례에 10회씩 읽었다. 몸이 아프지 않으면 한 번도 어긴 적이 없었다. 공부를 하는 과정은 아주 여유가 있었고, 정신은 커지고 자라났다. 그래서 그때 읽은 책은 아직도 그 대의를 기억할 정도다.

공부하는 양과 시간을 정하고 횟수를 정해 더도 덜도 말고 정해진 것만큼만 하란다. 그런 방식으로 어릴 적 익힌 공부로 정신이 커지고 자라났으며, 나이 들어서도 그때 공부한 것을 그대로 기억하고 있다는 것이 아닌가.

지금 우리는 어떤가. 아이들은 국어와 영어와 수학과 과학과 역사와 지리와 사회, 그리고 피아노와 태권도와 기타 한없이 열거할 수 있는 무엇과 무엇과 무엇을 한꺼번에 배운다. 학교 공부로 족한 것을, 학교가 파하고 잠들 때까지 별별 학원으로 아이들을 돌리며 괴롭힌다. 그렇다 해서 무슨 좋은 결과가 있느냐 하면 그것도 아니다. 초등학교 때부터 대학 졸업할 때까지 오로지 공부만 했건만, 모두 전문가가 되거나 교양인이 되는 것도 아니다. 그저 그런 인간이 될 뿐이다.

　다산 못지않은 박학한 학자, 섬세하기 짝이 없는 감수성을 가진 이덕무였다. 그런 이덕무도 오늘날 어린이처럼 공부하지는 않았다. 이덕무의 말을 들으면 지금 어린아이의 교육이란 '아동 학대'란 말과 결코 다르지 않다. 참으로 부끄러운 일이다.

노는 날을
늘리자는
조상님 말씀

유관柳寬은 고려 충목왕 2년에 태어나 조선 세종 15년에 88세로 세상을 떴으니, 평균수명이 한참 늘어난 요즘으로 쳐도 장수한 축에 들 것이다. 우의정까지 지냈으니 출세도 할 만큼 했고, 황희黃喜, 허조許稠와 함께 세종조의 명재상으로, 또 청백리로 이름났으니 후대의 평가도 후한 편이다.

《세종실록》은 후대의 《실록》과는 달리 읽을 때 마음이 좀 편하다. 조선조 5백 년을 돌아보건대, 그때처럼 나라가 건강하고 백성의 살림이 넉넉한 적이 없기 때문이다. 말하자면 태평성대라 하겠다. 흥미롭게도 유관은 늘그막에 태평성대에 꼭 어울리는 건의를 하나 올리고 있다. 무엇인가?

우의정을 마지막으로 벼슬길에서 물러난 유관은 세종 11년(1429) 8월 24일 한 통의 상소문을 올린다. 요지는 3월 3일과 9월 9일을 영절令節, 쉽게 말해 아름다운 계절을 대표하는 날로 삼아 즐겁게 놀자는 것이다. 요즘으로 치자면, 3월 3일과 9월 9일 한번 마음 푹 놓고 먹고 마시고 놀 터이니, 임금이 그날을 아주 공휴일로 지정해달란다. 정말 괜찮은 건의다!

상소문은 3월 3일, 9월 9일이 즐겁게 노는 날이어야 한다는 것을 입증하기 위해 당나라와 송나라, 그리고 고려에서 전례를 찾고 있다. 이게 상소문의 대부분을 차지한다. 하지만 골자는 놀 만한 사유가 충분하니, 한번 놀아보자는 것이다. 상소문의 중요한 부분을 인용해본다.

우리나라의 인정仁政의 혜택을 입은, 저 섬 오랑캐는 바다를 건너와 보물을 바치고, 산융山戎은 가죽옷을 입고서 우리 조정을 찾아옵니다. 변방에는 창과 갑옷이 부닥치는 소리가 아주 사라졌고, 백성들은 이리저리 달아나는 고생이 없어졌습니다. 게다가 오곡도 모두 풍성하게 여물어 온 백성이 함께 즐거워합니다.

우리나라가 이룩한 태평성대는 저 당나라 송나라보다 훨씬 뛰어납니다. 이 늙은 신하는 한가롭게 지내며 옛일을 더듬어 지금 일에 비추어보고서, 오늘날이야말로 선비는 학교에서, 농부는 들판에서 노래하며 태평성대를 즐기기에 꼭 알맞은 때라고 생각합니다. 엎드려 바라옵건대, 성상께서는 밝게 살펴주소서.

섬 오랑캐는 일본이고, 산융은 여진족이다. 세종 때는 외교가 안정되었고, 일본과 여진이 하루가 멀다 하고 찾아와 조공을 바쳤다. 경제력도 충실했다. 대마도와 여진을 정벌하는 전쟁을 일으켰어도 나라 살림이 별반 축나지 않았다. 온갖 문화 사업을 활발히 벌였지만, 그 역시 나라를 안정시키는 데 도움이 되었으면 되었지 손해가 나는 일이 아니었다. 유관은 나라 형편이 이렇게 좋으니 좀 놀잔다.

세종이 또 어떤 임금인가. 유관의 말을 들어보니 참 그럴듯하다. 그래서 3월 3일과 9월 9일을 영절로 정하고, 그날 높고 낮은 벼슬아치는 물론, 서울과 지방의 선비, 백성들로 하여금 경치가 좋은 곳을 찾아 흥겹게 놀도록 하였다. 그렇게 노는 것이 태평성대의 증거라면서 말이다. 정말 감동스럽다. 세종은 역시 성군이다!

그런데 우리 삶은 어떤가. 직장인들은 1년에 열흘도 안 되는 휴가를 전투 치르듯 보낸다. 한 해 몇 날 있는 명절도 아수라장이다. 온갖 교통수단을 동원한, 무한한 인내심과 체력을 요구하는 필사적 귀향, 부모·형제·며느리·동서·올케 등이 빚어내는 가족의 불화, 급상승하는 이혼율, 이것이 과연 축제로서의 명절인가!

세종 시절과 비교하면 대한민국은 경제적으로 수십 배는 잘살고 있을 것이다. 하지만 왜 삶은 이처럼 팍팍할까? 휴가도 명절도 지옥도地

獄道가 되어버렸다. 일에 중독되어 삶을 완전히 소진시켜야 하는가 하면, 한편에서는 일하고 싶어도 일자리가 없는 사람이 득실거린다.

어느 날 태어나 어느 날 떠나는 것이 인생이다. 실학 정신이 뭐 별거더냐? 이 세상 편하고 즐겁게 살다 가자는 거지. 노는 날 늘리자는 유관의 말을 곱씹으며 한번 생각해보자. 좀 더 편하고 즐거운 사회는 어떻게 만드느냐고.

오랑캐를
따르는 자

1766년 담헌 홍대용은 북경에서 엄성·반정균·육비 세 사람의 중국 지식인과 사귄다. 2월 한 달 동안 일곱 차례의 만남을 통해 네 사람은 국경을 초월한 우정을 쌓았다. 서로 형과 동생이 되기로 결정했으니 한때의 객기가 아니었다. 그 만남이 조선사회에 끼친 영향력도 적지 않았다. 담헌이 연 길을 따라 이후 유금·박제가·이덕무·박지원 등 이른바 연암그룹이 이내 북경 땅을 밟았다. 그중 박제가는 4회에 걸쳐 중국 땅을 밟은 최고의 중국통이 되었다. 박제가가 구축한 인맥 위에서 추사 김정희가 청의 석학 완원과 옹방강을 만났으니,

1766년 담헌과 엄성 등의 우정은 조선후기 문화사에서 그 의미가 실로 크다 하겠다. 하지만 파란이 없었던 것은 아니다.

담헌은 중국인들이 자신을 알아주는 것이 너무나 기뻤고, 귀국 후 그들과 나눈 필담이며 편지를 정리해 주변의 친지들에게 보여주었다. 대부분 부러워해마지않았다. 하지만 담헌의 우정을 고깝게 여기는 사람들도 있었다. 어떤 사람은 외국인끼리 우정을 나눈 것은 고전에서 전례를 찾아볼 수 없는 일이라면서 비난하기도 하였다. 이런저런 부러움과 비난이 퍼져나가다가 마침내 사건이 터지고 말았다. 담헌이 북경으로 떠날 때 잘 다녀오라고 글까지 지어주었던 김종후가 작심하고 담헌을 비난했던 것이다.

담헌에게 그 말을 전해주는 사람이 있었다. 결국 담헌과 김종후 사이에 편지가 오갔고, 격렬한 논쟁이 벌어졌다. 김종후는 엄성 등이 과거에 응시하는 것을 비난했다. 한인漢人으로서 명明을 조금도 생각하지 않고, 더러운 오랑캐 청淸의 조정에 벼슬을 하려고 하는 인물과 어떻게 친구가 될 수 있단 말인가? 그 사람들은 오랑캐와 진배없는 사람들이다. 따라서 그들과 사귄 담헌 역시 비판받아 마땅하다. 결코 자랑할 일이 아니다. 김종후의 말을 압축하면 담헌 역시 '오랑캐를 따르는 자'가 되는 것이다. 이에 대해 담헌은 명이 망한 지 벌써 오래이므로 모든 한인에게 벼슬하지 말라고 하는 것은 현실적으로 불가능한 일이며, 또 그들과 대화를 나누어본 결과 그들 역시 명을 깊이 생각하고 있으며, 청의 지배를 무조건 긍정하고 있지는 않았다고 되받았다. 논쟁은 승자 없이 대충 마무리되었다.

김종후는 왜 담헌을 비난했을까? 그는 논쟁의 말미에서 담헌이 강희제康熙帝의 정치를 높이 평가한 것이 불쾌하기 짝이 없었다고 말한다. 이것이 김종후의 속내였다. 강희·옹정·건륭에 이르는 1세기 반 동안 청제국, 곧 중국은 절정기를 누리고 있었다. 제국의 안정과 번영은 객관적 사실이었다. 하지만 춘추대의春秋大義와 대명의리對明義理를 굳게 믿는 조선의 양반 나리들은 그것을 대놓고 말할 수 없었다. 담헌은 그 금기를 범했던 것이다. 웃기는 사실은 춘추대의, 대명의리를 주장한 사람들이 영의정·좌의정·우의정 등 좋은 벼슬은 다했고, 북경 구경도 도맡아 했으며, 북경에서 수입되는 사치품을 즐겨 사용했다는 것이다. 김종후만 해도 자기 동생 김종수가 우의정을 지낸 청풍 김씨 벌족閥族이 아니던가.

말이 났으니 말이지 춘추대의니, 대명의리니 하는 거창한 명분은 현실에서 구체화된 적이 없었다. 청에 대들거나 병력을 기르고 무기를 만들고 군량을 비축하는 일은 할 수 없었고, 하지도 않았다. 청을 오랑캐니 뭐니 하면서 업신여기고 증오했지만, 명을 위한 복수는 꿈도 꾸지 않았던 것이다. 춘추대의와 대명의리는 마음에 안 드는 반대파를 때려잡는 구실일 뿐이었다. 특히 세상이 불평등하고 모순이 많다면서 바꾸자고 하는 사람을 위협하거나 제거하는 데는 그저 그만이었다. 선진화된 중국을 배워 상공업을 발달시키자고 제안했던 박제가를 당벽唐癖, 곧 '중국에 미친 인간'이라 비난하고, 청의 연호를 썼다 하여 연암의 《열하일기熱河日記》를 '호로지고胡虜之藁', 곧 오랑캐의 글이라 비판했던 일도 다 거기서 나온 작태였다. 다산을 귀양 보낸 자도 이들이었다.

요즘도 그렇다. 정부에서 하는 일, 여당에서 하는 일을 비판하면, 무조건 이상한 어휘를 갖다 붙인다. 번역하자면 '오랑캐를 따르는 자'란 비난이다. 우습다. 18세기의 일을 21세기에 다시 보다니!

당참채

    조선시대를 공부하다 보면 희한한 현상을 종종 목도하게 된다. 예컨대 당참채堂參債라는 것도 그중 하나다. 지방 수령이 발령을 받아 처음 부임하거나 임지를 옮길 때 자신의 인사 서류를 만드는 데 관계한 이조 혹은 병조의 서리에게 주는 돈을 말한다. 이조와 병조가 인사를 관장하는 관청이기 때문이다. 인사치레로 시작했을지 몰라도 이것은 엄연한 불법이다. 예컨대 공무원으로 재직하는 사람이 자신의 승진에 관계한 사람에게 돈을 건넨다면 옳은 일이겠는가.

    더욱이 당참채는 상상을 초월하는 규모였다. 이조의 경우를 예로 들자면, 1857년에 작성된 〈이조서리당참절목吏曹書吏堂參節目〉이란 문서를 통해 그 규모를 짐작할 수 있다. 이 문서에 의하면 전국 현縣에서 감영監營에 이르는 397곳의 지방 수령직에 당참채로 일정한 금액을 부과하고 있는데, 쌀과 현물을 제외하고도 그 총계가 2만 4천 냥에 달한다. 원래 불법이었던 것이 19세기 중반에 와서 세금처럼 징수되고 있었던 것이다.

지방에 부임하는 수령은 반드시 당참채를 내어야 했고, 내지 않으면 이조·병조의 서리는 그것을 징수하러 지방 수령을 찾아갔다. 《이향견문록里鄕見聞錄》이란 책을 보면 이조의 어떤 서리가 지방에 가서 당참채를 받아오는 길에 전염병으로 딸 하나만 남기고 모두 죽은 일가족의 장례를 대신 치러준 이야기를 싣고 미담으로 전하고 있다. 물론 여기서 미담에 주목할 필요는 없다. 문제는 당참채다. 당참채를 내지 않고 부임할 경우, 이조에서 해당 지방까지 직접 찾아가 당참채를 받기까지 했으니, 당참채는 외방 관직에 부임할 경우 반드시 내어야 할 돈이었던 셈이다.

꼭 이조·병조의 서리에게만 돈을 내는 것은 아니었다. 이외에도 인사할 곳이 많았다. 1832년(혹은 1772년으로 추정됨)에 영덕현령으로 부임한 사람이 인사차 낸 돈을 보자. 그는 중앙 29곳의 관서에 돈을 내었던 바, 이조의 대령서리待令書吏, 승정원의 기별서리奇別書吏, 액정서掖庭署의 왕대비전 사알司謁·사약司鑰·별감別監, 대전大殿의 사알·별감 등에게 돈을 보내고 받은 영수증의 일부가 남아 전하는데, 총액은 401냥, 포목으로 환산하면 2백 필에 이른다. 조선시대 지방 수령직은 약 4백 곳에 가깝다. 4백여 곳에 부임하는 사람이 돈을 바치고, 또 지방 수령직의 인사가 잦았던 점을 생각한다면, 이조와 승정원, 액정서의 하례下隸들에게는 막대한 돈이 쏟아져 들어갔던 것이다.

《목민심서牧民心書》에서 다산은 이 폐단에 대해 이렇게 말하고 있다.

오늘날 부임하는 수령이 왕에게 하직 인사를 하는 날에는 액예掖隸(대전별감)·원예院隸(승정원사령)가 예전例錢을 토색하는데 이름하여 궐내행하闕內行下라 한다. 많을 때는 수백 냥이고 적어도 50, 60냥이다. 음관蔭官·무관武官 및 보잘것없는 시골 출신이 그들에게 주는 예전이 혹 욕심에 차지 않으면 이들은 대놓고 욕지거리를 하며 혹은 옷소매를 끌어당기니 그 곤욕이 끝이 아니다. 정조는 일찍이 이를 엄금하여 승정원에서는 예전의 액수를 참작하여 정하고 가감하지 못하게 하였다. 욕지거리하는 것이 조금 줄어들기는 하였지만, 그 징색徵色은 공물貢物의 정액과 다를 바 없으니 크게 예가 아니다. (…) 하물며 고을의 관례가 만 가지로 달라 궐내행하의 돈을 혹은 민고民庫(관아의 임시비를 충당하기 위해 군민이 납부한 전곡을 둔 창고)에서 취하여 쓰는 자도 있으니 이와 같은 경우는 액예와 원예를 풀어놓아 백성을 벗겨 먹게 하는 것이 아니겠는가? 이러한 일은 마땅히 조정에서 금단해야 할 것이지만, 수령으로 나아가는 자는 오직 관례를 따르려고만 하여 예사로 응하기만 하니, 장차 이를 어찌하면 좋을 것인지?

대전별감, 승정원사령 등의 법 밖의 횡포가 보이는가? 왕도 어쩔 수가 없고, 다산도 걱정만 할 뿐이다.

이런 자리들은 양반이 하는 자리는 아니지만 그야말로 물 좋은 자리였다. 이런 이유로 서리 자리는 돈으로 매매되었다. 19세기 중반 호조서리 자리는 약 2천 냥에 매매되었다고 한다. 물론 이렇게 돈을 갖다 바친 지방 수령이 당연히 백성을 쥐어짜서 본전은 물론 웃돈까지 챙겼던 것은 두말할 필요도 없다.

왜 이렇게 되었을까. 조선후기가 되면 국가권력이 소수 벌열의 손아귀에 떨어진다. 당연히 국가는 마치 사조직처럼 운영되고, 앞서 언급한 관청의 하례와 서리는 거개 벌열가문 청지기들이 맡았다. 특정 가문이 거느린 수십 명의 청지기가 병조와 호조 등 주요 관청의 서리가 된 경우를 생각해보시라. 어떤 결과가 나오겠는가.

인사와 관련되어 하례들이 돈을 받는 것은 당연히 불법이었다. 하지만 국가가 소수 양반세력의 소유물이 되자 불법은 관행이 되었고, 관행은 이내 합법이 되고 말았다. 이쯤 되자 아무도 그것을 잘못이라고 지적하거나 비판하지 않았다. 조선은 이렇게 불법을 합법으로 만들어 세월을 끌다 망하고 말았다.

국무총리와 장관 후보자의 인사청문회를 보니, 별별 생각이 다 든다. 후보자들은 불법과 탈법을 숱하게 저지르고 있다. 한두 건이 아니다. 아마도 집권당을 바꾸어 다른 그룹에서 후보자를 뽑아도 마찬가지 결과가 나오리라. 저 많이 배우고 많이 가지신, 이 사회의 높고 거룩하신 분들에게 불법과 탈법이 다반사가 되어 있으니, 아마도 그 분들 사이에서는 그런 불법과 탈법쯤이야 양심에 거리낄 것이 조금도 없는, 관행으로 자리 잡은 것이 분명하다.

  우리가 말하는 실학자들의 개혁책은 이런 관행을 바로잡고자 한 것이다. 다산의 《목민심서》가 그 결정판이다. 한데 오늘날 《목민심서》보다 더 좋은 방책이 있으니, 곧 선거다. 우리 지역에 어떤 일을 해주겠다는 사람을 뽑을 것이 아니라, 청렴하고 정직하고 국가 전체의 발전에 능력 있는 사람을 뽑아야 할 것이다. 그런 선거야말로 개혁을 추구할 수 있는 유일한 길이다.

재상의 셋방살이

이익은 《성호사설》의 〈재상임옥宰臣賃屋〉(24권), 곧 '재상이 셋집을 빌려 살다'란 제목의 글에서 송나라의 희한한 제도에 대해 말하고 있다. 재상의 아들은 과거를 칠 수 없도록 제한하는 제도가 있었다는 것이다. 요즘으로 치자면 아버지가 총리나 장관을 지내면 아들은 행정고시를 못 치는 셈이다. 예를 좀 더 넓혀본다면 아버지가 국회의원이 되면 아들은 국회의원 선거에 나가는 길이 막혀버리는 것이다. 똑똑한 자식 입장에서 보자면 억울하기 짝이 없는 일이겠지만 그 제도야말로 원려遠慮에서 나온 것으로 보인다. 재상의 아들이 관로에 들어서는 것을 허락한다면 권력을 독점한 가문이 생겨날 터이고, 이는 결국 국가와 사회에 유리하지 않을 것이기 때문이다. 이익이 이런 말을 하는 속내를 짐작하기란 어렵지 않다. 그가 살았던 시대는 몇몇 가문이 영의정·좌의정·우의정·이조판서·병조판서·대제학을 독점하는, 국가권력의 사유화가 노골적으로 진행되던 시대였고, 그것이 국가와 사회를 병들게 하고 있었기 때문이다.

이익은 재상의 아들에게 과거를 치지 못하게 한 예로서 여몽정呂蒙正의 아우 여몽형呂蒙亨과 이방李昉의 아들 이종악李宗諤이 정시에서 합격했지만, 형 또는 아버지가 재상으로 있다 하여 불합격 처분을 받은 경우를 들고 있다. 제도는 실제로 집행되고 있던 것이다. 이익은 이외에도 몇몇 예를 더 들고 있지만, 골자는 간단하다. 재상의 아들 개인은 억울할 수 있지만, 국가는 보다 폭넓게 인재를 얻을 수 있으리라는 것이 이익의 견해다.

이익은 같은 글에서 당시의 벼슬아치들은 모두 자기의 집이 없어, 재상일지라도 수도 개봉開封에서 집을 짓지 못하고 셋집을 얻어 살았다고 한다. 권력이 소수의 가문에 집중되지 않고, 또 재상이 셋집에 살 정도로 깨끗하였으니, 사방에서 우수한 인재가 모여드는 것은 당연한 일이다. 조정에는 명분이 섰고 일처리도 공정했다는 것이 아닌가. 이익이 높이 평가하는 그 시대는 북송 초기다. 이익은 6대 신종神宗 때부터 재상이 개봉에 호화스러운 저택을 짓기 시작했고, 그때부터 지방의 인재가 조정으로 진출할 수 없었다고 한다. 결과야 익히

아는 바이다. 힘을 잃은 송나라는 요나라·금나라의 무리한 요구에
시달려 재정이 바닥난다. 국토를 빼앗긴 것은 물론 개봉까지 함락되
고, 급기야 황제인 휘종·흠종까지 만주 오국성五國城으로 잡혀가 죽
임을 당하는 비극을 맞는다. (하기야, 무능한 황제가 죽은 것이 무슨 대단
한 비극이겠느냐마는!)

지금 대한민국은 어떤가. 특정한 학교의 졸업자가 관료와 국회의
원의 절대다수를 차지하고 있다. 그 결과가 어떤지는 대한민국 국민
이면 다 아시리라 믿는다. 더욱 갑갑한 현실은 지역구 국회의원 역시
대부분 해당 지역 출신이 아니라는 것이다. 지역에서 경력을 쌓고 주
민의 인정을 받아 의원으로 선출되어 국회로 진출하는 것이 아니라,
어느 날 난데없이 아무런 상관도 없는 서울 사람이 이 지역과 과거에
어떤 인연이 있었노라면서(대부분 개미허리보다도 빈약한 관계다) 불쑥
나타난다. 그러고는 힘 있는, 일하는 사람을 뽑는 것이 좋다는 번지
레한 말로 표를 낚아 국회의원이 된다. 그들이 과연 지역을 위해 성
실히 일했다면, 지금 대한민국의 지방이 이처럼 쭉정이가 되었을까?

이익은 글의 말미에서 이렇게 결론을 내린다.

만약 백성이 안락한 삶을 누릴 수 있게 해주려면, 무엇보다 먼저 사
치를 억제해야 한다. 사치를 억제하는 방법은 현자賢者를 찾아내는 데
있다. 현자를 찾아내는 방법은 사욕私欲을 막는 데 있다. 사욕을 막는
방법으로는 송나라 제도보다 좋은 것이 없고, 효과도 이미 분명하다.

요즘 대한민국 사정으로 풀어보자면 이러하다. 국민에게 안락한 삶을 보장해주려면, 돈 많은 부자 정치인의 진출을 막아야 하고, 혈연·지연·학벌에 의한 소수의 권력 독점을 막아야 한다는 말이다.

물어보자. 돈 많은 부자 정치인들이 과연 누구를 위한 정치를 하겠는가. 또 정치권력을 독점한 소수의 혈연·지연·학벌 집단이 과연 자신들의 이익에 반하는 정치인의 정계 진출을 바라겠는가. 강남에 빌딩이며 아파트를 소유한 고위 관료가 부동산 가격이 떨어질 정책을 세우겠는가? 아마도 셋방살이를 하는 정치인이 대거 출현하지 않고는 대한민국 국민은 편할 날이 없을 것이다. 아니 그런가.

세계로 열린
작은 창이
닫히다

1765년 겨울 북경에 간 홍대용은 이듬해 1월 9일 일관日官 이덕성李德星과 통역관 홍명복洪命福을 대동해 천주교당(동당·서당·남당·북당 중 남당)을 방문하여 독일인 선교사 유송령劉松齡, August von Hallerstein과 포우관鮑友官, Anton Gogeisl을 처음 만난다. 이날 그는 파이프오르간을 보고 그 원리를 깨달아 시험 삼아 연주해보고, 자명종과 기타 천문관측 기구도 구경한다. 1월 19일 다시 찾아간 홍대용은 유·포 두 사람과 서양의 윤리와 학문에 대해 필담을 나눈 뒤 천체망원경을 보자고 하여 그 형태와 작동 원리를 꼼꼼히 기록한다. 그는 일식을 볼 수 있는 색유리를 끼운 작은 망원경을 천체망원경의 접안렌즈에 대고는 흑점의 수가 바뀐 이유까지 유·포 두 사람에게 물어본다. 아마도 홍대용은 천주당을 가장 학구적인 태도로 방문한 사람일 것이다.

홍대용은 돌아와 박지원을 비롯한 동무들에게 자신이 천주당에서 보고 들었던 것을 이야기했고, 감탄해마지않던 동무들 역시 북경행을 열망한다. 1778년 북경에 간 이덕무는 6월 14일 오후 순성문順城門 동쪽에 있는 천주당(동당·서당·남당·북당 중 어느 곳인지는 미상)을 찾아가지만 서양인 신부 두 사람은 원명원圓明園에 입직入直 중이었다. 구경을 하려고 했지만, 그곳을 지키는 한인漢人들의 거부로 할 수가 없었다.

박지원 역시 1780년 북경에 갔을 때 선무문宣武門 안에 있는 성당을 방문한다. 하지만 그는 홍대용이 연주했던 파이프오르간을 볼 수 없었다. 1769년에 헐릴 때 같이 없어진 것이다. 박지원은 홍대용이 망원경을 조작하고 기타 천문관측 기구도 가까이서 보았던 것을 떠올리면서 자신은 시간이 워낙 없어 그럴 수가 없노라고 한탄한다. 열하熱河로 간 박지원은 그곳에서 사귄 중국 지식인 왕민호王民皞에게 천주당을 구경하지 못해 유감이라면서 어떻게 서양 사람을 한번 만나볼 수 없겠느냐고 간곡히 청했지만, 왕민호는 들어주지 않았다.

홍대용과 이덕무, 박지원이 천주당을 방문한 사례를 들었지만, 천주당을 찾았던 사람은 물론 이들만이 아니었다. 북경에 가는 사람이라면 으레 천주당을 찾았다. 홍대용처럼 서양 신부를 직접 만나 학문을 토론하고 천문관측 기구를 직접 다루어보고자 하는 사람은 드물었지만 말이다. 그런데 1803년 북경에 파견되었던 서장관 이해응李海應은《계산기정薊山紀程》1804년 1월 26일조에서 천주교가 사학邪學으로 금지된 이후 천주당에는 들어가지 못하게 되었다고 말하고 있다. 곧 신유사옥 3년 뒤다. 1798년 겨울 서유문徐有聞이 서장관으로 북경에 파견되었을 때 따라갔던 치형致馨(성씨는 미상)은 1799년 1월 19일 천주당을 보고 왔으니(《무오연행록戊午燕行錄》), 적어도 정조의 치세까지는 천주교에 대한 탄압이 있기는 했지만, 천주당 출입을 막지는 않았던 것이다. 하지만 신유사옥 이후 모든 상황이 바뀌었다. 1828년 의관醫官으로 북경에 갔던 김노상金老商은《부연일기赴燕日記》1828년 6월 25일조에서 "신유사옥 이후 조선 사람들이 천주당에 들어가는 일이 없다고 한다"라고 증언하고 있으니, 신유사옥이 조선 사람들을 단단히 얼어붙게 만들었던 것이 확실하다.

정도의 차이는 있지만, 18세기 말까지 북경 천주당 방문을 통해 조선 사람은 서양이란 전혀 다른 세계가 존재한다는 것을 실감할 수 있었다. 천주당은 세계를 간접적으로나마 인지할 수 있는 작은 창이었던 셈이다. 그런데 이 작은 창문은 1801년 신유사옥 이후 갑자기 닫히고 만다. 그것은 성리학을 국가 이데올로기로 삼은 지배 체제로서는 필연적 선택이었겠지만, 조선 사람 전체의 입장에서는 너무나도 답답한 결과를 낳고 만다. 세계사의 흐름을 읽지 못했던 것이다.

신유사옥 뿌리를 더듬어보면 이내 정조의 문체반정을 만나게 된다. 정조는 당시 경화세족 사이에 새로운 독서물로 유행한 명·청대의 소설과 소품체 산문의 문체가 정통 고문의 건강한 문체를 오염시키고 있다는 구실로 신하들과 성균관 유생의 문체를 검열하고, 문체의 전환을 명한다. 박지원의 《열하일기》도 문체를 오염시킨 주범으로 규정했다. 하지만 문체는 표면적인 것이었다. 그 문체의 이면에 자리한, 성리학과 다른 사유를 솎아내고, 금지하는 것이 문체반정의 진정한 목적이었다. 문체반정은 새로운 사유가 싹틀 길을 막았던 것이다.

이런 점에서 다시 생각해본다. 정조는 과연 개혁군주인 것인가. 우리는 정조에게서 너무나도 과도한 개혁과 진보의 이미지를 끌어내고 있는 것은 아닌가? 홍대용의 《담헌서》를 읽다가 문득 떠오른 생각이다.

돈이 없던 세상

조선전기 성종 연간 문인 조신曺伸의 《소문쇄록謏聞瑣錄》을 읽으면 흥미로운 자료가 잔뜩 나온다. 임진왜란 때 문헌이 대량 소실되는 통에 조선전기에 관한 정보는 그리 많지 않다. 이런 이유로 《소문쇄록》 같은 필기류 산문이 퍽 소중한 것이다.

최근 이 책을 읽으며 눈여겨본 대목은 목화에 관한 것이다. 조신은 목화의 원산지, 실을 뽑고 천을 짜는 방법과 도구, 수입 내력 등을 소상히 기록하고 있는데, 고려 말에 들어온 목화가 의복 생활과 경제에 일으킨 거대한 변화에 깊이 주목했기 때문이다. 하기야 이런 사

실은 문익점과 관련해 대한민국 사람이면 모두 알고 있는 상식이기
도 하다.

조신은 중국에서는 동전이나 금은의 많고 적음으로 빈부를 재지
만, 조선의 경우 금은이 생산되지 않고 동전도 사용하지 않기에, 오
직 면포를 재화로 삼는다고 말하고 있다. 물론 조선에 원래 금은이
없었던 것은 아니고, 다만 중국의 요구를 거절하기 위해 일부러 광산
을 개발하지 않았을 뿐이다. 화폐로 말하자면, 고려 성종 15년(996)
철전鐵錢을 주조한 이래 고려와 조선 정부는 계속해서 금속화폐와 지
폐를 만들었지만, 조신의 시대까지 5세기가 넘도록 제대로 통용된
적이 없었다.

면포를 재화로 삼았다는 것은 면포가 곧 화폐 구실을 하고, 또한
재산 축적의 도구로 이용되었다는 말이다(면포 이전에는 무엇이 재산
축적의 수단이었을까). 조신은 면포 30자를 1필, 50필은 1동同이라 하
는데, 조선에서 면포를 많이 축적한 사람이라 해봐야 1천 동을 넘지
않는다고 하였다. 요즘으로 치면 면포 5만 필이다. 비교할 방법이 좀
막연하기는 하지만, 면포 5만 필이 엄청난 재산으로 보이지는 않는
다. 또 조신의 기억에 의하면, 면포 1천 동 남짓을 소유한 거부는 윤
파평尹坡平(성종 때 영의정을 지낸 윤필상尹弼商)과 상인 심씨 · 김씨 · 손
씨 세 사람이라고 한다. 그러니까 조선전기 최고의 부자라고 해봐야
4명 정도고, 그 재산이라 봐야 면포 1천 동이다. 별것 없는 것이다.
면포는 오래 쌓아둘 수 없는 물건이고, 무한한 축적도 불가능하다.

이 때문에 부의 축적에는 아마도 자연스럽게 제한이 있었을 것이다.

상품경제 내지 교환경제가 발달하면 화폐는 필연적으로 출현하기 마련이다. 화폐경제를 일반적으로 경제 발전의 지표로 삼는다. 여기에 토를 달고자 하는 것은 물론 아니다. 한데 희한한 점은 화폐가 없던 시대, 면포라는 물건을 화폐 대용으로 사용하여 부의 축적이 제한되어 있던 조선전기가 문화도 발달했고 국력도 컸다는 것이다. 세종에서 성종에 이르는 기간 동안 문화 방면에서 온갖 창조적 성과가 나왔고, 대마도와 여진을 정벌하는 등 군사력도 강성했다. 부의 축적이 제한되고, 그로 인해 후대보다 경제적으로 평등한 시대일 수 있었던 것이 창조적이고 강성한 시대를 만든 요인이 아닌가 한다.

돈 없이는 못사는 세상이 되었다. 금융 위기니 뭐니 하는 것으로 한 나라가 결딴이 나고 사회가 붕괴하고, 사람들은 고통에 시달리고, 자살을 감행하기도 한다. 하지만 냉정히 따져보면 아무것도 달라진 것은 없다. 땅과 건물과 공장과 가게와 상품과 사람은 그대로 있다. 그것들을 맺는 화폐적 관계만 달라진 것이다. 곧 화폐가 온갖 불평등과 모순, 비극을 만들어내는 것이다. 인간은 제가 편리하고자 만든 물건의 노예가 된 것이다. 우습다!

《소문쇄록》을 읽고 잠시 엉뚱한 생각을 해본다. 화폐 없는 세상은 어떤 세상이 될 것인가. 한 개인이 수조, 수십조의 재산을 모으는 것이 그래도 가능할까? 화폐 없는 세상이 불가능하다면, 축적이 불가능한 화폐를 만들면 어떨까 싶다. 일정 기간 지나면 저절로 통용되지 않는 화폐 말이다. 가가呵呵!

로드킬과
박제가의 도로

휴일에 간절곶에 바닷바람을 쐬러 갔다. 다정한 바다를 보고, 차를 한잔 마시고 돌아오는 길이었다. 월내역 부근을 지날 때 도로 한복판에서 흰 개 한 마리가 머리에 피를 철철 흘리며 버둥거린다. 일어서려고 용을 쓰지만, 앞의 두 다리를 곧추세울 수가 없다. 비틀거리다 쓰러지고 다시 일어서려고 버둥거린다. 뇌를 심하게 다쳤기에 일어설 수가 없는 것이다. 아마도 저 멀리 점이 되어 사라지는 승용차에 머리를 호되게 치인 듯싶다. 사람을 치었다면 범죄가 되겠지만, 개를 친 것은 아무런 죄도 되지 않기에, 버려두고 그냥 내뺀 것이리라. 안

쓰러운 모습을 뒤로 하고 지나자니, 뭉클한 것이 가슴에 치밀어 오른다. 저 생명은 어쩌다 저렇게 비참한 죽음을 맞이해야 하는 것인가?

내가 본 흰 개의 죽음은 사실 허다한 '로드킬'의 한 경우일 뿐이다. 자동차를 타고 가다 보면 '로드킬'의 흔적을 자주 만난다. 개일 수도 있고, 고양이일 수도 있고, 새일 수도 있다. 도무지 정체를 알 수 없는 어떤 짐승일 수도 있다. 불과 몇 시간 전, 며칠 전까지 제 홀로 움직였던, 감정이 있던 생명체는 아스팔트 바닥에 바싹 말라붙어 피와 털가죽의 흔적으로만 자신의 과거가 한낱 사물이 아니었음을 알리고 있다. 그 건조한 시신조차 자동차 바퀴에 묻어 수백 킬로미터 떨어진 도로 위에 흩뿌려질 것이니, 한때 생명이었던 그들은 한곳에서 잠들지도 못할 것이다.

사람도 길을 만들고 짐승도 길을 만든다. 짐승의 길은 자연 속에 스며들어 있다. 멧돼지와 사슴, 고라니, 토끼가 살아가며 만드는 길에는 횡단보도도, 가드레일도, 신호등도 없다. 그들의 길은 자연 속에 포함된 길, 곧 자연의 길이라, 자연에 눈이 밝은 사람이라야 겨우 그 길을 찾아낼 수 있을 뿐, 문명화된 도회의 인간들에게는 보이지 않는다. 사람이 걸어서 다니던 전근대의 길 역시 짐승의 길처럼 자연을 벗어나지 않았다. 소와 말이 끄는 수레가 오가던 길 역시 자연의 길과 크게 동떨어진 것이 아니었다. 그 길에는 멧돼지와 사슴, 고라니, 토끼도 다닐 수 있었다. 그 어떤 짐승도 수레에 치여 죽는 일은 없었다.

자동차가 다니면서 사람의 길은, 오직 사람만을 위한 길이 되었다. 자동차 길은 두 장소를 직선으로 잇는다. 곧으면 곧을수록 공간은 압축되고, 압축의 정도가 크면 클수록 좋은 길로 환영을 받는다. 하지만 그 직선은 면을 분할한다. 직선의 폭이 크면 클수록 길면 길수록 분할된 면은 커지고, 두 면은 더욱더 만날 수 없다. 자동차의 길로 인해 생기는 면의 분할은, 인간을 제외한 모든 생령의 삶을 찢어버리는 폭력이 된다. 어쩌다 그 폭력적 분할을 뛰어넘으려면 생명을 내놓아야 한다. 문제는 이 분할이 멈추지 않을 것이라는 점이다. 앞으로도 자동차를 위한 곧고 넓은 도로는 하염없이 더 생길 것이고, 아마도 더 많은 생명을 죽일 것이다.

박제가는 북경을 다녀오면서 가로수와 하수구를 갖추고 있는 중국의 도로에 한낮에도 수레바퀴 소리가 끊이지 않고 울리는 것에 감탄해마지않았다. 귀국하여 《북학의北學議》를 저술하면서 〈수레〉와 〈도로〉를 특별히 설하고, 조선 역시 도로를 정비하고 수레를 사용해야 한다고 역설하였다. 도로와 수레는 박제가 경제학의 상징이다. 그는 도로와 수레는 물산의 유통을 촉진할 것이고, 물산의 활발한 유통은 다시 생산을 자극해, 결과적으로 백성이 가난을 벗고 윤택한 생활을 하게 되리라 생각했던 것이다.

이제 대한민국은 직선의 넓은 도로가 사통팔달하고 그 도로 위에는 쇠로 만든 수레들이 질주한다. 국내의 물화만이 아니라, 수천 킬로미터 바다를 건너온 물화가 고속도로를 메운다. 박제가가 간절히 바랐던 세상이 완성된 것이다. 하지만 그 도로와 수레는 오직 인간의 무한한 소비를 위한 것일 뿐이다. 생명에 대한 배려, 공존에 대한 생각은 털끝만큼도 없다. 박제가가 바란 도로가 이런 것이었을까? 그가 생각한 도로는 적어도 생령을 죽이는 길은 아니었을 것이다. 공존을 위한 해답은 어디에 있는 것인가?

원자력발전소와
누실명陋室銘

몇 해 전의 일이다. 휴일에 난데없는 정전이었다. 아파트 기계실에서 무언가가 잘못되어 전기가 불통이라는 것이다. 한데 그날따라 귀찮게 들락거릴 일이 많았다. 꼼짝 않는 엘리베이터를 흘겨보며 18층을 몇 번 오르내렸더니 오후에 아주 파김치가 되고 말았다. 차라리 등산을 했더라면 덜 지쳤을 것이다. 계곡을 따라 물소리 새소리 들으면서 산을 오르니 말이다. 하지만 계단 오르내리기가 단조롭고 고되기짝이 없는 일이라는 것은 누구나 아는 사실이다.

문득 이런 생각이 들었다. 전기가 모자라거나 없을 때 아파트에서 우리의 삶은 어떻게 될까? 요즘 아파트들은 대개 20~30층을 넘긴다. 이 계단을 오르내리는 주부와 노인, 학생, 직장인, 그리고 택배를 하는 분들을 상상하면 실로 끔찍스럽다. 철석같이 의지하는 모든 가전기기들도 한낱 플라스틱 덩어리, 쇠뭉치가 되고 말 것이다. TV도 인터넷도 무용지물이 되고, 우리는 칠흑 같은 어둠 속에서 단절감에 몸서리칠 것이다. 전기에너지 없는 아파트는 저 높은 산꼭대기의 외로운 돌집에 불과한 것이다.

대지진으로 일본의 원자력발전소가 파괴되고 방사성물질이 유출되었다. 원자력발전소의 위험성을 절감한 사람들은 원자력발전소를 그만 짓자, 없애자 하고 목소리를 높였다. 물론 '안정성' 세 글자만 읊조리는 대한민국 정부가 그 소리에 귀를 기울일 가능성은 희박할 것이다. 그리고 원자력발전소를 유지하고자 하는 논리 역시 쉽게 반박할 수 없을 것이다. 왜냐? 우리가 자본주의 체제하에서 경제성장이란 신화를 맹신하고 있는 이상, 에너지의 수요는 계속 증가할 터이고, 이런 이유로 원자력발전소의 유혹을 쉽게 뿌리치지 못할 것이기 때문이다. 원자력발전소에서 나온 전기일망정 그게 끊기면 너무나도 불편하지 않겠는가.

어떤 방법으로 폭발하듯 증가하는 에너지의 수요를 감당할 수 있을까? 어렵지만 원자력발전소를 없애고 대체에너지를 개발하는 쪽으로 갈 수도 있을 것이다. 하지만 그 에너지의 가격이 몹시 비싸다면, 어떻게 해야 하는가. 아니 값싼 대체에너지란 것이 과연 있기나 한 것

인가. 과도한 에너지의 소비(아니 낭비)를 전제로 하여 유지되는 사회와 경제에 대한 근원적 반성이 없는 한 원자력발전소의 유혹을 뿌리치기란 쉽지 않을 것이고, 에너지 문제를 해결할 수 없을 것이다.

지금 남아 있는 조선시대 가옥을 보면, 방들이 됫박만 하다(1970년 대까지만 해도 방은 크지 않았다). 이유야 여럿이겠지만, 무엇보다 난방의 수단이 방의 크기를 제한했을 것이다. 장작 외에는 난방 수단이 없는 시대가 아니었던가. 천장이 높고 널찍한 방을 데우는 데는 엄청나게 많은 장작이 들어간다. 그러니 방이 작을 수밖에. 하지만 그 작은 방에서도 살았다.

소박하고 작은 집을 찬미한 허균許筠의 〈누실명陋室銘〉은 그런 사회를 배경으로 지어진 것이다.

방이라 해봐야 열 자 남짓 남쪽으로 문 두 쪽 내었더니/정오에 쏟아지는 햇볕이/마냥 밝고 따스하네/덩그런 벽만 있는 집이지만/경사자집經史子集은 골고루 갖추었지/(…)/남들은 누추한 집이라며/어이 사느냐 하지만/내 눈에야/신선의 거처와 진배없네/마음도 몸도 편안하거늘/뉘라서 내 집을 누추하다 하리?/내 누추하다 이르는 것은/몸과 이름 함께 썩어 사라지는 것이라네/원헌原憲의 집은 초가집이요/도연명의 집은 오막살이였지/군자가 산다면야/무슨 누추함이 있으리오.

작은 집에서 사는 소박한 삶의 즐거움이다. 나는 가난한 전근대를 찬양할 생각은 별로 없다. 풍요롭지만 위험한 지금 세상을 찬양할 생각 역시 조금도 없다. 아마도 우리는 넓고 높고 편리한 아파트로 상징되는 풍요로운 삶에 대해 근본적으로 돌이켜보지 않는 한 에너지 부족에 시달릴 것이고, 방사성물질을 호흡할 수도 있다는 공포를 느끼며 살아야 할 것이다. 그런 삶보다야 차라리 허균의 '가난한 누실 陋室에서의 삶'이 더 좋지 않겠는가.

여섯

19세기 성리학의
본말전도

홍길주洪吉周란 사람이 있다. 본인은 벼슬에 뜻을 두지 않았지만 형이 좌의정까지 지낸 홍석주洪奭周고, 동생은 정조의 부마 홍현주洪顯周였으니, 그 집안의 혁혁함이야 더 이상 말할 것이 없다. 보통 형제가 여럿이면 하나는 똑똑하고 하나는 평범하고 하나는 모자란 법이지만, 이 삼형제는 모두 머리가 좋고 인물이 출중했다. 오죽했으면 정조가 하나밖에 없는 딸을 가장 좋은 집안의 가장 빼어난 젊은이에게 시집을 보내겠다며 고르고 골라 홍현주를 사윗감으로 찍었을까?

야심만만한 아들을 눌러앉힌 것은 어머니였다. 둘째와 셋째에게 형이 저토록 출중하여 벼슬이 좋은데 너희까지 벼슬을 하러 나선다면 세상 사람들의 질투로 집안이 편치 않을 것이라면서 출세를 말렸다. 슬기롭고 효성스러운 형제는 어머니의 말을 따랐다. 하지만 그들의 재능은 감출 수가 없었다. 세 형제는 또 모두 학자로 문장가로 이름을 떨쳤던 것이다. 특히 홍길주는 광범위한 독서와 오랜 사색을 바탕으로 한 풍부한 에세이를 남겼는데, 학문과 문학에 대한 깊은 통찰이 흘러넘친다.

그중 한 토막을 감상해보자. 그는 《수여난필睡餘瀾筆》이란 에세이집에서 희한한 질문을 던진다. 세상 선비들은 너나없이 사서四書, 곧 《논어》, 《맹자》, 《중용》, 《대학》을 공부한다. 그렇다면 과연 이 책에서 무엇을 깨치고 실천해야 할 것인가. 공자와 맹자께서 자주 말씀하시고 거듭 강조하신 바를 연구하고 실천해야 할 것인가. 아니면 어쩌다 그야말로 가뭄에 콩 나듯 한두 번 보이는, 책의 전체 주제와 별 상관없는 말을 따지고 들 것인가?

말하자면 이런 것이다. 맹자는 사람이 네 가지 마음을 가지고 태어난다고 말한다. 타인의 딱한 처지를 보고 측은하게 여기는 마음, 비도덕적인 행동을 하고 부끄러워하는 마음, 남에게 양보하는 마음, 옳고 그름을 가리는 마음이 그것이다. 맹자는 인간 개개인이 이런 마음을 잘 키워서 내면 가득 채우는 것이야말로 살 만한 사회를 만드는 가장 훌륭한 방법이라 말한다.

또 맹자는 백성에게 세금을 적게 거두고 그들을 전쟁이나 강제 노동에 동원하지 않는다면 백성의 삶이 풍족해질 것이고, 그 결과 백성들의 자발적 헌신으로 나라가 강성해질 것이라 반복해서 주장한다. 《맹자》라는 책 대부분은 이러한 내용으로 채워져 있다. 《맹자》를 제대로 읽은 사람이라면 맹자가 가장 힘써 말한 이런 부분의 실천을 궁리할 터이다.

그런데 현실은 어떤가? 《맹자》를 얼음에 박 밀듯 읽고 외지만, 알아듣기 쉬운 그런 말의 실천에는 아무런 관심이 없다. 홍길주가 살던 시대의 지식인들은 알다시피 신유학新儒學, 곧 성리학에 골몰했다. 입에서 나오느니 '이理', '기氣', '심心', '성性'이다. 보다시피 이런 말들은 참으로 막연한 말이다. 아무리 궁리하고 헤집어보아도 구체적으로 알 수 있는 것도 아니고, 모든 사람이 동의할 결론이라 할 것이 나오지도 않는다. 게다가 이런 말들은 사서에 거의 나타나지 않는다. 《맹자》에 한두 번, 《중용中庸》에 한두 번 보일 뿐이다. 《논어》와 《대학》에도 '이', '기', '심', '성' 등의 어휘와 관계 지을 수 있는 부분은 예외라 할 정도로 드물다. 그런데 사서를 공부하는 사람은 우연히 등장하는 그 말에만 집중하고 정작 유가 사상의 본령이라 할 '인仁'과 '애민'의 실천에는 별 관심이 없다.

공자와 맹자는 '이'와 '기'를 결코 말하지 않았다. 그들이 입이 닳도록 말한 것은 타인에 대한 배려심과 백성을 착취하지 않고 물질적으로 풍요하게 만들어주는 정치였다. 그런데 조선시대 학자들은 이런 정치를 어떻게 실현할까 하는 문제는 생각 밖이고 관심 밖이란다.

본말이 전도되어도 아주 전도된 것이다. 이상이 홍길주가 말하고자 하는 요점이다.

곰곰이 생각해보면 성리학이란 좀 대범하게 말해 '이', '기', '심', '성'이란 네 마디 말의 관계를 설정하는 것에 지나지 않는다. 하지만 사람마다 관계를 달리 설정하기에 문제가 복잡해졌다. 원래 구체적 지시 대상이 없는 말이니, 어떻게 관계를 설정해도 알아듣기 어렵다. 생각해보면, 사단칠정론四端七情論이나 호락논쟁湖洛論爭이란 것은 한국철학사에서 당연히 유의미하겠지만, 어떻게 보면 결론도 나지 않을 문제를 두고 참으로 복잡한 시비를 벌이고 있다는 생각을 지울 수가 없다. 또 사람마다 얼마나 주장이 쇠털처럼 갈라졌으면 정약용이 집집마다 문 앞에 깃발을 세우고 보루를 쌓는다고 했을까? 이쯤 되면 성리학은 이미 공자, 맹자가 말한 유학의 본래 정신에서 3만 8천 리나 떨어진 것이 되고 만다. 홍길주가 보았던 19세기 성리학은 유교의 정신을 배반한 것이다.

❀

오늘날은 어떤가? 예컨대 우리가 철석처럼 믿고 있는 민주주의는 정말 현실에서 실천되고 있는 것인가. 민주주의는 이름뿐이고 우리가 사로잡혀 있는 것은 국가주의가 아닌가? 종교는 어떤가. 이웃 사랑을 내세우는 어떤 종교는 이웃을 사랑하기에도 바쁠 텐데, 무슨 지하철역 이름에 불교 사찰 이름이 들어 있다며 바꾸라고 한다. 다른 종교를 비난하는 데 열심인 것을 물론이다. 정말이지 홍길주가 말한 성리학의 본말전도가 오늘날 대한민국에서는 거듭되지 않는다고 누가 자신 있게 말할 수 있을 것인가.

홍대용의
중국어 공부

    중국은 조선에 더할 수 없이 중대한 나라였기에 중국어 역시 가장 중요한 외국어였다. 세종과 성종은 양반 관료들에게 중국어 학습을 권장하였고, 때로는 강요하기조차 하였다. 그 결과 조선전기의 양반들 중에는 중국어를 제법 괜찮게 구사하는 사람이 더러 있었다.

    하지만 양반 관료 대부분은 외국어 통역을 기능적인 것으로 여겨 천시했고, 그 결과 중국어를 비롯한 일본어·여진어·몽고어의 학습은 소수 역관의 전유물이 되었다. 사신단이 중국에 파견되어도, 삼사 三使는 중국인과 대화할 수 없었고, 오직 역관의 통역에만 의지하였다. 통역의 입만 쳐다보는 외교가 잘될 리 없다. 대중국對中國 외교에 숱한 문제가 있었던 것은 여러 기록이 증언하고 있다.

홍대용은 1765년 겨울 중국으로 떠났다. 중국으로 떠나기 전 그는 오랫동안 준비를 하였다. 중국어부터 익혔다. 그는 이렇게 말한다. "내 평생에 한번 (북경을) 보기를 원하여 매일 근력과 정도程度를 힘써 고치고, 역관을 만나면 한음漢音과 한어漢語를 배워 기회를 만날 때 한번 쓰고자 하였다."(《을병연행록》) 불과 서너 달의 중국 체류를 위해 이처럼 중국어를 열심히 배웠던 양반은 아마 없었을 것이다. 이렇게 착실히 준비를 하던 중 숙부 홍억洪檍이 1765년 6월 서장관에 임명되자, 홍대용은 드디어 중국어를 써볼 수 있게 되었다. 자제군관子弟軍官으로 수행했던 것이다.

11월 2일 서울을 떠나 7일 봉산鳳山에 묵었을 때 부사府使 이응혁李應爀은 홍대용에게 자신이 자제군관으로 북경에 갔을 때의 경험을 전하며 중국어의 중요성을 이렇게 강조했다.

책문柵門을 든 후에는 한어(중국어)를 못하면 곳곳에서 남의 입을 빌리어 답답한 구석이 많고 구경도 잘할 길이 없으니, 부디 미리 알면 좋을 것입니다. 길에 가며 온갖 기명器皿의 이름을 묻고 약간 아는 말로 수작하면 자연히 익혀지니, 나는 돌아올 때 역관의 신세를 지지 않았습니다.

《을병연행록》

이응혁은 중국어로 몇 마디 말을 건넸다. 홍대용 역시 중국어로 대답했을 것이다.

압록강을 건너자 홍대용은 중국인과 만나면 예외 없이 중국어를 썼다. 그의 중국어 실력은 어떠했을까? 12월 8일 심양瀋陽에 도착하여 심양부학府學의 조교助敎인 납영수拉永壽 집을 숙소로 삼았을 때다. 납영수는 홍대용에게 조선의 과거제도와 벼슬에 대해 물었고, 홍대용은 모두 중국어로 대답하였다. 납영수는 자기 아들에게 "처음 중국에 오셨는데, 어음語音이 분명하니, 정말 총명하신 분이다"(《연기》 〈납조교拉助敎〉)라고 홍대용의 중국어를 평가한다. 서울서 배운 홍대용의 중국어 실력은 상당했던 것 같다.

하지만 문제가 없는 것은 아니었다. 홍대용은 자신의 중국어를 이렇게 평가했다.

나는 오랫동안 한번 중국을 유람할 생각을 가지고 있었다. 때문에 여러 가지 중국어 익힘 책을 보고 중국어를 공부해온 지 몇 해였다. 하지만 책문을 통과한 뒤로 일상의 예사말조차 전혀 알아듣지 못해 당황스럽고 갑갑하기 짝이 없었다.

이때부터 수레를 타면 왕문거王文擧(홍대용의 수레몰이꾼)와 종일 대화를 나누고, 객점客店에 들면 주인 남녀를 불러 억지로 화제를 꺼내 쉴 새 없이 이야기를 하였다. 심양에서도 납조교 부자와 온갖 이야기를 다 했지만, 필담은 하지 않았다. 북경에 도착해서는 거리를 두루

다니며 어떤 경우에도 중국어를 써서 발음이 더욱 익숙해졌다. 하지만 문자나 깊은 뜻을 가진 말, 그리고 남방의 선비의 말은 마치 귀머거리나 벙어리가 된 듯 정신이 아득할 뿐이었다.

《연기》〈연로기략沿路記略〉

　중국에서 끊임없는 노력으로 일상적 대화는 가능했지만, 문자에 관계된 말, 곧 문언文言으로 이루어진 지적 언어, 깊은 의미를 갖는 말, 남방, 곧 강남江南의 말은 전혀 알아들을 수 없었다는 것이다. 그가 천주당의 서양인 신부와 강남 출신의 중국 지식인 엄성·반정균과 필담을 할 수밖에 없었던 이유가 여기에 있었다.
　대학생들이 평소 전공에 몰두하면 좋겠지만, 사정이 그렇지 않은 것 같다. 그들이 가장 관심 있어 하는 것은 영어다. 특히 방학이 되면 영어에 몰두한다. 물어보면 취업에 필요하기 때문이란다. 졸업 후 만나서 물어보면 영어와는 아무 상관없는 곳에서 일하고 있다. 외국어는 필요한 것이다. 하지만 자신의 간절한 필요와 동기에 기초하지 않은 외국어 아니 영어는 취업이란 목적을 달성하는 순간 기억의 저편으로 사라지기 시작한다. 중국인을 만나 천하사를 의논해보고자 했던 홍대용의 포부 따위는 아예 없는 것이다.

　영어 공부에 들이는 막대한 에너지와 비용은 실제 삶을 풍요롭게 만드는 다른 가치나 활동에 쏟아야 할 것이 아닐까. 홍대용의 시대에는 양반들이 가장 중요한 외국어인 중국어를 익히지 않아 문제더니, 지금은 무턱대고 영어에 몰입해서 문제다. 정말 낭비도 이런 낭비가 없다! 영어 실력이 높아지기를 바라거든, 제발 젊은이들에게 직장을 주고, 꿈과 희망을 주어라. 그래야 포부를 품고 영어를 공부할 것이 아닌가.

나의
도서관 편력기

책에 관한 어릴 적 기억을 상기해보면 늘 떠오르는 곳이 있다. 도둑을 막기 위한 쇠꼬챙이 창살 너머 있었던 초등학교 도서관이다. 작기는 했지만 창살 건너로 보이는 서가에는 꼬맹이의 눈에는 평생 읽어도 다 읽지 못할 정도의 책이 꽂혀 있었다.

짙푸른 색의 커튼 틈새로 들여다보면, 도서관 아니 도서실 안은 차분하다 못해 장중한 침묵만이 흘렀다. 나는 거기 한구석에 앉아 마냥 책을 읽고 싶었다. 문자의 배열이 만들어내는 다양한 이야기와 이미지의 세계에 탐닉하는 그 순간 결코 행복하지 않던 나날의 삶을 잠시

나마 벗어날 수 있었기 때문이었다. 하지만 그곳은 졸업할 때까지 누구도 들어갈 수 없었던 금지된 공간이었다. 나에게 그 작은 도서관은 그립고 돌아가고 싶은 공간으로 남아 있다.

도서관에 들어갈 수 있었던 것은 중학교 때부터였다. 학교는 신축 교사校舍를 짓고는 옛날 교사 두어 칸을 도서관으로 꾸며놓았다. 서고라고 해봐야 큰 교실 한 칸이었지만, 그곳은 나에게 책의 바다였다. 어느 날 도서관에서 소소한 일을 돕는 학생 몇을 구한다는 소리를 들었다. 사서를 도와 책 정리를 하고, 청소도 하는 그런 일이었다. 손은 나의 의지와 상관없이 올라갔다. 이튿날 나는 서고에 드나들 수 있는 특권을 얻었다. 옛날 잡지며 오래된 책을 넣어두는 창고에도 들어갈 수 있었다. 책장으로 출입구를 막아놓은 그 창고를 어떻게 몸을 움츠려 비집고 들어가면, 온전한 나의 낙원이 펼쳐졌다. 《학원》 잡지의 과월호도 거기서 원 없이 볼 수 있었다.

고등학교에도 작은 도서관은 있었다. 하지만 대학 입시의 중압감으로 인해 도서관에 접근하기 쉽지 않았다. 학교나 교사들도 도서관의 책을 읽으라고 적극 권유하지 않았다. 학교 한쪽의 후미진 곳에 있던 도서관 책을 빌려보지 않은 것은 아니지만, 그곳은 다시 아득히 먼 곳에 있는, 잃어버린 낙원이 되고 말았다.

대학에 들어가서 본 도서관이 참으로 거창했던 것은 두말할 나위가 없다(지금 생각해보면 좀 우스운 수준이지만 말이다). 더더욱 특별한 경험도 있었다. 내가 다닌 대학은 어떤 과정을 통했는지 알 수는 없지만, 몇몇 문중으로부터 고서를 기증받아 가지고 있었다. 한데 그 고서는 오랫동안 정리가 되지 않은 채 방치되어 있었다. 도서관에서 고서를 정리할 학생을 구한다는 소리를 듣고 즉시 자원하였다. 물론 무보수였다. 도서관 서고의 꼭대기 층에 갔더니, 바닥에 고서가 산더 미처럼 쌓여 있었다. 난방이 되지 않는 곳이라 겨울이면 손이 곱아 글을 쓰기가 어려웠다. 하지만 고서를 정리하고 카드를 만들면서 나는 옛 전적에 대한 감각을 익힐 수 있었다. 이 경험은 내가 한문학 연구자가 되는 데 있어 말할 수 없이 귀중한 밑천이 되었다. 도서관의 덕을 톡톡히 본 것이다.

박사과정을 다닐 때다. 어렵게 시간을 쪼개어 국립중앙도서관으로 고서를 보러 다녔다. 아침에 내가 국립중앙도서관으로 가면 아내는 내가 써준 고서 목록을 가지고 서울대 규장각으로 갔다. 하루에 두 곳을 내가 다 갈 수 없었기 때문이다. 지금은 고서의 영인본도 흔하고 인터넷으로도 볼 수 있지만, 그때는 고서 보기가 참으로 어려웠다. 도서관을 직접 찾아다니며 어렵게 복사해내는 것이 유일한 방법이었다. 그렇게 구한 자료로 논문을 발표하고 책을 썼다. 고서를 복사하기 위해 도서관을 다니며 겪은 별별 우스꽝스러운 이야기, 수모, 괴로운 일은 이루 필설로 다 형용하지 못할 것이다. 이제는 모두 추억거리가 되고 말았지만.

돌아보면 도서관은 언제나 선망의 공간이었다. 평생 도서관처럼 책을 많이 쌓아놓고 필요할 때면 언제나 꺼내 보는 것이 소원이었다.

하지만 서생의 살림에 책값이 넉넉할 리 없었다. 연구에 필요한 책만 주로 조금씩 구입하는 정도고, 전공을 벗어난 책에는 쉽게 손이 가지 않았다. 대학에 자리를 잡고부터는 당장 연구에 필요하지 않은 책도 워낙 유명한 책이라서, 이름은 알았는데 막 번역이 되어서, 내가 사지 않으면 저자와 역자, 출판사에 미안할 것 같아서, 혹은 장정이 워낙 예쁘고 특이해서 사들이는 경우가 생기기 시작했다. 물론 그 본질은 그냥 책 욕심일 뿐이다. 아마도 어릴 적 책에 대한 결핍감, 도서관에 대한 환상이 그 욕심의 뿌리일 것이다.

쩨 오랫동안 한 달에 두어 번 보수동 헌책방 골목을 찾았다. 버스를 타고 가서 남포동에서 내려 먼 길을 산보 삼아 걸어간다. 이따금 눈에 걸리는 책을 사서 배낭에 쑤셔넣는다. 그런 나를 보고 아내는 집에도 책이 적지 않건만 보지도 않을 책을 무얼 그리 사느냐고 나무란다. 하긴 약간은 걱정이 된다. 정년 뒤 대학도서관에 기증하면 복본을 모두 골라내어 버린다는 말을 숱하게 들었던 터다. 대답할 말이 궁하다. 공부하는 딸에게 물려줄까도 하지만, 전공이 달라 필요한 책만 좀 솎아내면 나머지 대부분의 책은 갈 곳이 없다.

아내가 핀잔을 줄 때마다 나 역시 보수동에서 책방을 하나 내면 되지 않겠냐고 하며 입막음을 하였다. 꼭 필요한 사람에게 거저 주기도 하고, 혹 돈을 받게 되면 남포동 뒷골목으로 가서 친구들과 대폿잔을 기울이자는 심산이었다. 한데 근자에 건강에 문제가 생겨 다시는 술을 마시지 못하게 되었다. 하여 책방을 내려는 꿈도 접어야 했다. 하기야 책방을 열 정도로 많은 책도 아니니까 정년 이후 책을 어떻게 처분할까 하는 걱정도 따지고 보면 애당초 부질없는 걱정일 뿐이다. 친하게 지내는 동료 교수님 몇 분은 그러지 말고 책을 모아 우리끼리 사립도서관을 하나 만들자고 하니, 그럴까 하는 생각도 지금 없지 않다.

집 가까이에 작은 구립도서관이 생겼다. 건물이 무척 예뻐 호감이 간다. 옆에는 맑은 개울이 흐르고, 개울을 따라 산책로가 나 있다. 약수터에 갈 때 그곳을 지난다. 그 도서관을 보며 정년 이후를 꿈꾼다. 그래, 정년이 되면 저기서 시간을 보내야지. 약수터에 갔다 온 뒤 아침을 먹고 저곳으로 출근해야지. 부러워하기만 하고 읽지 못했던 책들, 이름만 듣고 들추어보지도 못했던 책들, 술렁술렁 읽어 미안했던 책들을 천천히 음미하며 읽어보리라. 《논어》와 《좌전左傳》을, 두보의 시를, 플라톤의 《국가》와 마르크스의 《자본》을, 《성서》와 《코란》을 읽어보리라. 다시 읽기도 하고, 새로 읽기도 하고, 천천히 읽기도 하고, 입으로 외며 읽기도 할 것이다. 읽다가 존다고 나무랄 사람도 없고, 당장 갚아야 할 글빚도 없으니, 시간은 온전히 나의 편일 것이다.

초등학교 때 그토록 앉아보고 싶었던 그 작은 도서관의 한구석에서 나는 비로소 연구를 위한, 원고 쓰기를 위한 독서가 아닌 '무책임한 독서의 자유'를 한없이 누려볼 것이다.

조선시대의
대학 등록금

아이 둘을 대학에 보내니, 나더러 무능한 가장이라고 하는 아내의
지청구가 잦아진다. 학비 마련이 고민스럽다면서 아내가 쏟아내는
푸념을 듣다가 문득 윤기尹愭의 문집 《무명자집無名子集》에서 읽었던
이야기가 생각났다. 윤기는 성균관에서 오랫동안 공부한 사람이라
성균관에 관한 기록을 많이 남기고 있다. 이 기록을 읽어보면 여러
가지 흥미로운 사실을 알 수 있다. 무엇보다 성균관 학생(유생儒生)들
은 학비, 즉 요즘의 등록금 따위는 한 푼도 내지 않았다. 그뿐이랴.
성균관의 유생들은 동재東齋와 서재西齋란 기숙사에서 지내며 공부를

했는데, 기숙사비는 당연히 공짜고, 기숙사에는 잔심부름을 시킬 동자와 재지기齋直까지 딸려 있었다. 기숙사 방에 불을 때는 불목하니도 있었다. 각 방에는 등잔 기름과 땔감, 숯을 주고, 1년에 한 번 창과 벽을 바르는 도배지를, 1개월에 한 번 방에 깔 자리를 지급했다.

기숙사 생활을 하면 당연히 식사가 문제가 된다. 그래서 성균관에 식당을 마련해두었다. 그 식당의 아침저녁 두 끼 식사도 모두 공짜다. 놀라운 사실은 식사가 아주 훌륭했다는 것이다. 밥 한 끼에 반찬이 여덟 가지였으니 말이다. 이뿐이랴? 별미란 이름의 특식도 제공한다. 매달 1일과 6일이 드는 날 아침에는 대별미大別味를 제공하고, 3일과 8일이 드는 날은 소별미를 제공한다. 성균관 고지기는 미리 유생들에게 무엇을 먹고 싶은가 물어보고 별미를 마련했다고 한다(대개 고기나 생선이었다). 사계절의 명절이 되면, 따로 큰상을 차려주고, 봄에는 석채釋菜(공자에게 지내는 제사) 이후, 가을에는 석채 이전에 점심도 차려주었다. 복날이 되면 특식이 있었다. 초복에는 개고기, 중복에는 참외 2개, 말복에는 수박 1통을 주었다.

성균관에서는 유생들에게 학용품도 지급했다. 매달 초하루에는 종이와 붓과 먹을 주었고, 과거시험을 칠 때면 붓과 먹은 물론 특별히 시험 답안지용 종이(시지試紙)도 주었다. 성균관 기숙사에 자고, 식당 밥을 꼬박꼬박 먹으며 열심히 공부하는 유생에게만 특별히 치게 허락한 도기과에 응시할 때도 역시 꼭 같은 학용품을 지급했다. 병이 나면 약을 주고, 인삼이 들어가야 하는 약이면 인삼도 준다. 학생이

죽을 경우, 초상을 치러주고 고향 집까지 운구해준다.

이 모든 것을 제공하면서 조선 정부는 학생들로부터 돈 한 푼 받지 않았다. 우리가 알고 있듯 조선은 임진왜란 이전의 극히 짧은 시기를 제외하고는 만성적인 재정 부족에 시달리고 있었다. 넉넉하여 성균관 유생들로부터 '등록금'을 받지 않은 것이 아니었다. 그럼에도 돈을 받지 않았던 까닭은 장차 나라와 사회를 이끌어갈 사람들을 가르치는 데 어떤 명목이든지 재물을 받을 수 없다는 생각이 상식으로 자리 잡고 있었기 때문이다.

지금은 어떤가? 21세기의 대한민국은 조선보다 수백, 수천 배는 부유한 나라가 되었다. 하지만 개인이 교육에 이처럼 많은 돈을 쏟아붓는 나라도 없을 것이다. 초·중·고등학교의 공교육비는 큰돈이 아니다. 하지만 사교육비와 대학 등록금은 '아직도 대학 등록금이 싸다'라고 발언한 어떤 대학의 총장님과 부동산을 잔뜩 소유한 소수의 부자를 제외하고는 개인이 감당하기 힘든 수준이 되었다. 사교육비가 늘어나는 만큼 소득이 높아진 것도 아니다. 나날의 생계를 걱정하는 비정규직과 청년 실업자 역시 도무지 줄어들 줄 모르는 상황 아닌가.

조선시대와 견주어보면, 현재의 대한민국은 비교하는 것 자체가 무의미할 정도로 큰 경제규모다. 그런데도 교육을 받는 것이, 대학을 다니는 것이 이토록 개인에게 큰 고통이 된다면, 그리고 그 고통을 국가가 해결해줄 수 없다면, 도대체 국가가 하는 일이 무엇이란 말인가? 성균관 유생들에게 돈 한 푼 받지 않았던 조선시대 교육보다 나아진 것이 무엇이란 말인가? 정말 알 수가 없다.

임진왜란,
명나라 군대,
전시작전통제권

명나라 수군제독 진린陳璘이 조선에 온 것은 선조 31년(1598)이다. 《선조실록》 31년 6월 26일조에 선조가 진린을 동작나루에서 전송했다고 나와 있으니, 아마도 5월 말에서 6월 초경에 진린은 서울에 도착하여 선조를 만났고 이내 남해의 전장으로 떠난 것으로 보인다.

떠날 때 진린은 선조에게 이상한 요구를 한다. "배신陪臣들 중 만약 명을 어기는 자가 있으면 모두 군법으로 다스리고 결단코 용서하지 않을 것입니다." 이 말에 선조는 분부대로 따르겠다고 한 뒤 신식申湜에게 "이 말은 아주 중요한 말이니, 비변사備邊司에 알리고 의논해 조처하라"고 말한다. '배신'은 천자의 신하의 신하다. 곧 선조는 명나라 천자의 신하고, 선조의 신하는 배신이 된다. 배신 운운하는 말은, 조선의 장수들에 대한 지휘권도 진린 자신이 갖겠다는 뜻이다.

이튿날인 6월 27일 비변사에서 선조에게 보고를 올린다. 요지는 명나라 군대가 조선 군대와 함께 있기 때문에 전투에 지장이 엄청나게 많다는 것이다. 예를 들자면 이렇다. 명나라 군대는 필요한 것이 있으면 성화같이 요구하고, 전투의 결정적인 순간에는 자기들 마음대로 한다. 공을 세울 만한 기회가 있으면 조선 군대는 손도 대지 못하게 하고, 만약 일이 잘못되면 책임은 모조리 조선 군대 쪽에 돌린다. 이런 식이다. 비변사의 보고는 이어진다. 진린을 맞이하러 파견되었던 접반사接伴使 남복흥南復興의 말에 의하면 진린은 조선 수군을 직접 지휘하고 싶다는 의사를 밝혔다고 한다. 앞의 자신의 명을 따르지 않으면 군법으로 다스리겠다는 말은 빈말이 아니었던 것이다. 비변사에서는 이럴 경우 통제사 이순신을 비롯한 조선의 수군 장수들은 군사 없는 군대를 거느리게 될 것이라 우려하면서 선조에게 진린의 요구를 완곡한 말로 거절하라고 건의하고 있다.

선조는 비변사의 건의를 수용했지만, 과연 그가 진린에게 정확하게 거절 의사를 밝혔는지는 의문이다. 이내 곳곳에서 진린이 문제를 일으키기 시작했기 때문이다. 명나라 군대는 공을 탐하는 데는 유능했지만 전투에는 극히 무능하였다. 거기에 더해 왜군과 내통까지 하였다. 한데, 진린이 거느린 명나라 수군의 가장 큰 해악은 조선 수군의 전쟁 수행 의지를 번번이 좌절시킨 데 있었다. 《선조실록》 31년 9월 8일조를 보자. 선조는 이순신이 거느린 조선 수군의 공격을 진린이 허락하지 않아 왜군을 수륙 양면으로 협공하는 계획이 허사가 되었노라고 한탄한다. 이틀 뒤인 9월 10일조 《실록》에는 이순신이 급히 올린 보고서가 요약되어 있다. 그대로 옮기면 다음과 같다. "진도독陳都督(진린)이 신을 불러 '육군은 유제독劉提督(유정劉綎)이 모두 지휘하고, 수군은 내가 마땅히 모두 지휘해야 할 것인데, 지금 듣자니 유제독이 수군을 지휘하려 한다고 합니다. 맞습니까?' 하기에 신은 모른다고 대답했습니다. 신이 수군을 정돈해 바다로 내려가 기회를 타서 왜적을 섬멸하려 해도, 번번이 도독에게 제지를 당하니, 고민스럽기 그지없습니다." 우월한 조선 수군이 왜군을 섬멸하려 해도, 번번이 명나라 군대에 제지를 당한다는 것이다.

드라마 혹은 소설 혹은 영화로 우리가 익히 알고 있듯, 명나라 군대의 비협조로 일본은 조선의 인재와 문화재, 기술을 약탈하여 자신의 나라로 무사히 돌아가는 데 성공했다. 반면 일본의 침략 전쟁으로 조선은 인명과 재화는 물론 당시까지 축적했던 문화적 역량의 대부분을 상실하고 말았다. 그럼에도 전범을 다스려 분을 푸는 데도 실패했으니, 제힘으로 나라를 지키지 못하고 타국 군대를 구원병으로 끌어들인 대가를 톡톡히 치렀던 것이다.

노무현 대통령 시절 한국은 조지 부시 미국 대통령과 전시작전권을 전환한다는 데 합의했고, 그 일자를 2012년 4월 17일로 정했다. 하지만 천안함 사건 이후 월드컵 열기에 온 국민이 흥분하던 중 이명박 대통령과 오바마 미국 대통령이 만나 전시작전통제권의 전환 시기를 연기했고, 다시 2015년 12월 1일로 조정했다. 그런데 웬일인가. 박근혜 정부는 다시 그 날짜를 재검토하자고 한다. 아마도 전시작전권의 전환은 또 연기될 것이다.

6·25전쟁이 난 지 65년이 지났다. 북한은 세계 최빈국이 되어 끼니를 걱정하는 상황이고, 대한민국은 언필칭 국민소득 3만 달러라는 부국이 되었다. 그동안 자주국방을 외치면서 퍼부어온 국방예산은 또 얼마인가. 무엇이 두려워 전시작전통제권을 제발 좀 맡아달라고 미국에 애걸하는지 알 수가 없다. 임진왜란을 수도 없이 되뇌면서 그 역사적 경험에서 배우는 것은 아무것도 없다. 이순신과 거북선, 한산대첩만 알면 그만인 것인가.

무기를 만드는 자,
화 있을진저

전쟁은 살인과 파괴 기술에 놀라운 진보를 가져온다. 제2차 세계
대전이 핵무기를 만드는 결정적 계기가 되어 인류는 자신의 목숨을
몇 번이고 죽일 수 있는 어마어마한 핵무기를 머리 위에 얹고 사는
가련한 신세가 되었다. 진보라면 진보지만 어처구니없는 진보다. 아
마도 지금 이른바 선진국에서는 생명을 효과적으로 죽일 기술의, 또
쌓아 올린 문명을 보다 확실하게 파괴할 기술의 진보가 이루어지고
있을 것이다.

임진왜란 역시 예외는 아니었다. 이 전쟁에 새로 등장한 무기는 조

총이다. 성호 이익은 《성호사설》의 〈화총火銃〉(5권, 만물문)에서 이 신종 무기에 대해 상론한다. 먼저 그가 이해한 조총의 원리. 성호는 불보다 사나운 힘은 없다면서, 우레와 벼락의 경우를 든다. 이 강력한 자연현상은 '양陽'의 기운이 쌓여 불이 된 것이라고 말한다. 같은 이치로 "불이 안에 꽉 막혀 있어 발산될 수 없는 상태로 있다가 갑자기 터져나가면 돌도 쪼개고 산도 부수게 된다"는 것이다. 화약에 열이나 충격을 가했을 때 일어나는 급속한 기체 팽창의 원리를 나름대로 설명하고 있다. 성호는 지혜가 있는 사람이 이 현상을 보고 "쇠를 녹여 부어 조취총鳥嘴銃 따위의 화기火器를 만들었다"고 한다.

조총은 임진왜란 때 왜군이 가져옴으로써 처음 알려진 것이지만, 성호는 이미 구준邱濬의 《대학연의보大學衍義補》와 척계광戚繼光의 《기효신서紀效新書》에 실려 있다고 말한다(《성호사설》 5권, 만물문, 〈화포火砲〉). 《기효신서》는 임진왜란 이후 알려진 책이지만 《대학연의보》는 흔한 책이었다. 과연 《대학연의보》 122권에는 구리나 철로 총신을 만들고 거기에 화약을 채워 넣는 방식의 간단한 총 제작법이 나온다. 성호는 "왜인은 이 방법을 얻어 더욱 교묘하게 이용했다. 우리나라는 임진년 이후 비로소 제조하는 방법이 있었고 그전에는 만들지 못했기 때문에 낭패를 보게 된 것이다"(〈화포〉)라고 말하고 있지만, 일본인의 조총은 《대학연의보》나 《기효신서》를 보고 만든 것이 아니라 포르투갈 상인에게서 사들인 것을 복제한 것이다. 사실 조선이 자랑했던 화포와 조총의 원리는 같다. 비록 성호는 〈화포〉에서 화포는 주로 배를 태우는 것이라고 하여 총과 화포를 전혀 다른 것으로 여기고 있지만 사실상 같은 원리의 것이다. 다만 총을 만들지 않았던 까닭은 조선에서는 활을 주로 사용했기에 조총을 만들 필요성이 없었기 때문이다.

흥미로운 것은 〈화포〉에서 성호가 소개하는 복수총復讎銃이다. "일찍이 나는 어떤 사람의 집에서 왜인倭人의 '복수총'을 보았다. 길이가 두어 뼘 정도라 왜인들이 소매 속에서 몰래 발사하는 것이었다. 10보 이내에서 사용하기에 적합하고, 10보를 넘으면 무력하다고 하였다." 성호가 남의 집에서 보았다는 일본인의 복수총은 아마도 일본에서 수입된 원시적 형태의 권총일 터이다. 길이가 두어 뼘밖에 되지 않는다 했으니, 이전의 총신이 긴 조총과는 확실히 다르다. 물론 지금의 권총 크기는 아니지만, 소매 속에 넣고 다닐 정도의 크기니 사실상 권총인 것이다. 10보 안에서만 유효하다 했으니 대개 암살용이었다.

이외에도 성호는 화승火繩이 없는 총을 소개하고 있다. 그는 〈육약한陸若漢〉(《성호사설》 4권, 만물문)에서 인조 9년 7월 명나라에 진위사陳慰使로 갔던 정두원鄭斗源이 이탈리아 신부 로드리게스Joannes Rodriges에게서 받아온 망원경, 홍이포, 조총을 기술하고 있는데, 그중 조총은 화승을 쓰지 않고도 발사되는 총이라고 한다. 성호는 〈화구火具〉(《성호사설》 5권, 만물문)란 글에서도 여러 화기를 소개하고 있다. 《계정야승啓禎野乘》에 실린 유효사거리 30리인, 철환이 지나는 곳에는 모든 군대가 전멸된다는 동포약銅砲藥, 적의 배를 태워버렸다는 의대리국意大里國(이탈리아)의 거울(이것은 아르키메데스가 로마의 침입 때 거울로 로마 군함을 불태웠다는 전설을 옮긴 것이다), 도륭屠隆이 열거하는 화통火筒·화총·화포·화궤火櫃 등 13종류의 화기, 척계광이 말하는 수십 수백 종의 화공법 등이 그것이다.

성호의 조총에 대한 총평을 들어보자. 그는 〈화포〉에서 이렇게 말한다.

수성전에 능했던 김시민金時敏 같은 분과 해전에 탁월했던 이순신 같은 분도 모두 총탄을 맞고 죽었으니, 조총은 병기 중에서도 더욱 잔인한 것이다. 조총이란 물건은 하늘도 화기和氣를 줄이고 땅도 근심의 빛을 더하게 되는 것이니, 인간 세상에 더할 수 없는 재앙을 만드는 도구인 것이다.

공자가 이르기를, "용俑을 처음 만든 사람은 아마도 후손이 없을 것이다"라고 하였으니, 이 무기를 만든 자는 '용'을 만든 사람보다 훨씬 더하다 하겠다.

용俑은 나무 인형이다. 어떤 자가 높은 사람이 죽자, 나무 인형을 만들어 무덤 속에 껴묻었다. 그 뒤 나무 인형이 아니라, 산 사람을 껴묻는 풍습이 생겼다. 공자는 그것을 두고, 맨 먼저 나무 인형을 만들어 무덤에 껴묻은 사람은 결국 산 사람을 껴묻는 길을 연 셈이 되니

천벌을 받아 후손이 없을 것이라 말했다. 무기를 만든 사람도 그렇다. 조총을 만든 사람이 아닌 핵무기를 만드는 사람, 그것을 가진 사람의 죄는 도대체 어떠할까? 대량 살상 무기를 고안하는 자, 화 있을진저.

책에 대한 상상

직업이 글을 읽고 글을 쓰는 것이니, 하루를 책으로 시작하고 책으로 끝낸다. 항상 어떤 책을 읽고 있거나 어떤 책을 쓰고 있다. 어쩔 수 없이 책은 생활이 되고 말았다. 이런 이유로 하여 책에 대해 각별한 관심이 없을 리 없다. 대개의 책 읽기를 좋아하는 사람들이 그렇듯 나 역시 책에 관한 이야기라면 거짓말 좀 보태어 아주 환장(?)을 하는 편이다.

몇 해 전 책의 수집에 미친 장서가들의 이야기를 모은 《젠틀 매드니스》(N. A. 바스베인스 지음, 표정훈 등 옮김)가 나왔을 때 스스로 호서

가라고 생각하는 사람이라면 5만 원에 가까운 책값에도 불구하고 서슴없이 지갑을 열었을 것이다. 나 역시 신문 서평을 보고 즉시 구입하여 열흘 동안 행복한 책 읽기에 빠졌다. 도서관의 책을 훔치기까지 하는 서적광書籍狂들을 보고, 그 절도 행각이 범죄라는 사실을 깜빡 잊었는가 하면, 어떤 이가 희귀본을 구입했다는 이야기에 이르러서는 마치 내가 그 책을 손에 넣은 것처럼 달콤한 흥분 상태에 빠지기도 했던 것이다. 몇 해 전 이집트를 여행할 적에는 이광주 교수의 《아름다운 지상의 책 한 권》을 가지고 가서 짬짬이 읽었다. 버스 창밖의 단조로운 풍경이 견딜 수 없이 따분해지면, 아무 페이지나 펼쳐 아름다운 도판을 꼼꼼히 살펴보는 일이 여행의 또 다른 즐거움이었던 것이다.

명색이 연구자라 나 역시 오래전부터 《젠틀 매드니스》나 《아름다운 지상의 책 한 권》 같은, 책에 대한 책을 써보려 하였다. 그래서 연구를 위해 자료, 혹은 책을 읽어나가다가 책에 관한 이야기가 있으면 무엇이든 따로 갈무리해두었다. 그렇게 해서 모은 자료로 쓴 책이 《책벌레들 조선을 만들다》이다. 그런데 이 책을 쓰고도 하고 싶은 이야기가 잔뜩 남았다. 예컨대 이런 것들이다. 지식인이 국가와 사회의 지배층이 된 조선시대는 어떤 방식으로 책이 유통되었는가? 인쇄하는 책은 어떻게 선별되었는가? 그것을 결정한 사람은 누구인가? 조선시대의 책값은 얼마나 되었을까? 책값은 지식의 확산과 어떤 관계에 있었던가? 책을 만드는 종이는 또 어떻게 생산되었는가? 이런 주

제와 관련하여 고려와 조선은 어떻게 다른가. 궁금한 이야기가 허다한 것이다.

이야기는 다른 곳으로 번져간다. 유희춘柳希春은 엄청난 장서가였다. 그의 평생 일기인 《미암일기》를 책을 중심으로 해서 읽어보면, 그가 장서를 구축했던 방법을 소상하게 알 수 있다. 왕으로부터 하사를 받기도 하고, 없는 책은 빌려서 베끼고, 지방 고을 수령에게 편지를 보내어 그곳의 목판으로 책을 찍어달라 하거나, 중국에 가는 사람에게 북경에서 책을 사달라고 부탁을 하고, 오만 가지 방법을 동원해 책을 수집했다. 이런 부분을 읽다 보면, 지금의 내 신세와 다를 것이 없다는 생각이 문득 든다. 원하는 자료를 손에 넣기 위해 이메일을 써서 보내고, 다른 대학에 있는 친구에게 전화를 하고, 헌책방을 뒤지고 하니 말이다. 각설하고, 《미암일기》를 통해 우리는 16세기 후반 책의 생산과 유통 상황을 소상하게 알 수 있는 것이다. 서가에 꽂힌 《미암일기》를 볼 때마다 서적 관계 자료를 완벽하게 한번 정리해보고 싶은 생각이 든다.

말이 난 김에 덧붙이자면, 지금 전해지는 조선시대의 일기는 책과 관련하여 풍부하고 다양한 정보를 제공한다. 황윤석黃胤錫의 일기 《이재난고頤齋亂藁》가 그 절실한 사례다. 그 한 대목을 보자면, 전라도 선비 황윤석은 서울에 올라오자 북경에서 수입된 수학책 《수리정온數理精蘊》을 구하기 위해 몇 해에 걸쳐 고심참담한 노력을 쏟는다. 그의 책을 구하기 위한 분투를 따라가다 보면, 18세기 후반 서울에 유행했던 북경발北京發의 첨단 지식의 존재를 확인할 수 있을 것이다. 그런가 하면 황윤석과 같은 시대를 살았던 유만주兪晩柱의 일기 《흠영欽英》도 있다. 《흠영》은 스스로를 서재에 유폐시키고, 그 속에서 오직 책만 읽었던 한 젊은이의 일기다. 규장각에 소장되어 있는 《흠영》(마이크로필름)을 복사해서 읽어나갈 때의 흥분은 아직도 생생하다. 나는 이 일기를 통해 18세기 후반, 특히 문체반정 시기에 경화세족들이 어떤 책을 읽었는지 알게 되었던 것이다. 《흠영》이야말로 18세기 후반 경화세족의 서적 문화를 고스란히 담고 있는 비할 데 없이 중요한 문헌인 것이다.

이와 관련하여 서울의 서적 문화에 관한 이야깃거리도 적지 않다. 《이재난고》와 《흠영》에 자주 등장하는, 책 거간 서쾌書儈들의 소식도 궁금하다. 교서관에서 책을 만든 장인들은 어떤 사람들이었던가. 그들은 단지 나라에서 만들라고 하는 책만 만들었던가? 교서관에 간직되어 있던 그 목판들은 다 어디로 사라졌는가. 서울 시내에 서점은 언제 생겼던 것인가. 조선후기의 잦은 정변政變으로 역적으로 몰려 죽은 양반들의 장서는 어디로 흘러간 것인가. 이런저런 의문이 꼬리를 물고 이어진다.

근대 이후의 문제는 더욱 흥미롭다. 19세기의 끝에 와서 근대식 출판이 시작되고, 민간 출판사가 출현한다. 1910년까지 우후죽순처럼 생긴 출판사는 '근대'를 알리는 새로운 지식을 쏟아내었다. 일본에서 나온 책들을 번역한 것이 절대다수였다. 일본의 책은 또 서구의 책을 번역하거나 서구의 지식을 수용한 것이었다. 그렇다면 19세기 말부터 1910년 한일합방 이전까지 발간된, 1천 종을 넘는 서적들이 머금고 있는 근대에 관한 지식들의 원출처는 어디란 말인가? 또 이 근대전환기의 책들의 가격은 과연 그 시기의 경제 수준에 비추어 어느 정도의 비중이었던가. 근대적 지식을 담은 서적을 출판했던 출판사의 경영진은 어떤 사람들이었던가? 궁금한 사실이 한둘이 아니다.

서지학과 '책에 관한 책'은 서가에 따로 모아놓았다. 문득 그 책에 눈길이 가면, 위에서 언급한 주제들이 떠오른다. 어떤 주제들은 가벼운 이야깃거리에 불과하지만, 또 어떤 주제들은 지식사의 중심에 해당하는 거창한 문제이기도 하다. 언젠가 시간이 허락되면 한번쯤은 이런 문제들은 다루어보고 싶다. 이 '언젠가'가 언제인지는 모르지만 말이다. 그것은 마샬 맥루한의 《구텐베르크 은하계》처럼 중후한 저작일 수도 있고, 아니면 쓰루가야 신이치의 《책을 읽고 양을 잃다》처럼 가벼운 이야기일 수도 있다. 하지만 무겁든 가볍든 무슨 상관인가? 내가 쓰고 싶은 대로 쓰면 그만인 것을!

생김새가
운명을 결정할까

다산은 〈상론相論〉에서 이런 말을 하고 있다.

　서당에 다니는 사람은 그 상相이 아름답고, 시장 바닥에서 사는 사
람들은 그 상이 검고, 짐승 치는 사람들은 그 상이 헝클어졌고, 골패
판이나 투전판에서 어울리는 사람들은 그 상이 아르렁거리는 짐승 같
은가 하면 또 약삭빠르기도 하다.
　대개 익히는 것이 오래되면 성품도 날마다 따라서 변하니, 마음속
에 간절한 것은 바깥으로 표현되는 법이라, 상은 그래서 변하는 것이

다. 사람들은 그 상이 변한 것을 보고는 또한 "상이 이렇기 때문에 그 익히는 것이 저와 같다"고 말한다. 아, 이것은 정말 틀린 말이다.

사람은 하는 일에 따라서 그 상이 바뀌게 된다. 일리 있는 말이다. 다산은 주로 개인의 소업에 따라 상이 달라진다고 말하고 있지만, 언어와 음식에 따라서도 달라진다. 언젠가 연변에서 수십 년을 산 한국 출신 여성과 사할린에서 수십 년을 산 한국 출신 여성을 보았는데, 얼굴이 확연히 달랐다. 먹는 것과 언어 때문이었을 것이다.

하지만 사람들은 어떤 사람의 상, 곧 관상을 보고 그 관상 때문에 어떤 직업을 택할 수밖에 없었다, 혹은 운명이 그럴 수밖에 없었다고 말한다. 다산은 이 말을 비판한다. 다산이 주장하는 바는 한 인간에게 선천적으로 주어진 운명과 직업은 없다는 것이다. 그는 어린아이를 예로 든다. 눈동자가 반짝반짝하는 어린아이가 있으면 부모는 가르칠 만하다고 생각해 책을 사주고, 스승을 찾는다. 스승은 아이를 보고 가르칠 만하다면서 붓과 먹 같은 학용품을 더 사주면서 열심히 가르친다. 나중에 벼슬하는 사람은, 그렇게 해서 자란 청년을 쓸 만한 사람이라며 임금에게 천거하고, 임금은 그를 발탁해 마침내 그 사람은 재상까지 된다.

어떤 아이는 얼굴이 '풍만하게' 생겼다. 부모는 부자가 될 관상이라면서 재산을 물려준다. 어떤 부자는 큰 상인이 될 만한 관상이라면서 자본을 넉넉히 대주면서 장사에 힘쓰게 한다. 아이는 과연 장사에 전력하여 거상이 되고, 부자가 된다.

어떤 아이는 '눈썹이 더부룩하고' 어떤 아이는 들창코다. 아이의 부모와 스승은 앞의 경우와는 정반대로 아이를 키운다. 결과는 뻔하다. 아이는 부귀한 사람이 될 수 없는 것이다. 하지만 사람들은 그의 관상을 보고, 가난하고 천한 상이기에 가난하고 천한 사람이 되었다고 말한다. 다산은 이 판단을 혹독하게 비판한다.

세상에 본디 재능과 덕을 가지고도 운수가 기박하여 그 재능과 덕을 세상에 드러내지 못하는 사람이 있으면, 대개 상을 탓하기 마련이다. 하지만 그 상을 아예 돌아보지 않고, 그를 사랑하였더라면 그 역시 재상이 되었을 터이다. 이해에 밝고 귀천에 잘 살피지만 종신토록 곤궁한 사람이 있으면 상을 탓하기 마련이다. 하지만 그 상을 아예 돌아보지 않고 그에게 밑천을 대주었더라면 그 또한 큰 부자가 되었을 것이다.

더욱이 사람이 사는 곳은 사람의 기질을 바꾸고, 먹여 살리는 방법은 사람의 신체를 바꾼다. 부귀는 사람의 뜻을 음란하게도 만들고, 우환은 사람의 마음을 슬프게도 만든다. 아침에 활짝 폈다가 저녁에 시드는 사람도 있고, 어제 초췌했다가 오늘은 살이 찐 사람도 있다. 상이란 것이 어떻게 정해진 것이겠는가?

＊

　그렇다. 사람의 상은 외적 조건에 따라 변하기 마련이다. 상이 원래부터 정한 운명은 없는 것이다. 다산의 말처럼 누구에게나 기회를 공정하게 준다면, 누구나 발전할 수 있다. 지금 세상은 과연 누구에게나 공평한 기회를 주고 있는 것인가. 강남, 특목고, 자사고, 사교육 등의 단어는 이 사회에서 공평한 기회란 없다고 말하고 있다. 다산의 〈상론〉은 2세기 전의 말이 아니라, 오늘을 두고 하는 말인 것이다.

온 백성의 양반화와
모든 대학의 일류화

　다산은 〈고정림顧亭林의 '생원론生員論'에 붙인 발문〉이란 짤막한 글에서 고정림은 온 세상 사람들이 생원 되는 것을 걱정했다고 말하고 있다. 고정림은 알다시피 명말 청초의 대학자 고염무顧炎武다. 그의 저작 《일지록日知錄》은 18세기 후반 조선 지식인들의 필독서였고 그 영향력은 상상을 초월할 정도로 컸다. 다만 다산이 인용하고 있는 '생원론'은 《일지록》이 아니라 문집인 《정림집》에 실려 있다.

　고염무는 '생원론'에서 천하의 생원이 50만 명이 넘지만, 국가와 사회에 쓸 인재가 없다고 한탄한다. 정치와 행정에 무지하기 짝이 없는 생원이 이토록 불어난 것은 경전과 경세經世에 관한 공부에 골몰해야 할 선비들이 수험용 교재만 달달 외어 과거에 붙기 때문이었다. 과거에 붙었다 해서 생원이 모두 벼슬을 하는 것도 아니다. 그런데도 왜 생원이 되고자 하는가? 생원이 되면 일반 백성이 겪어야 하는 고초를 겪지 않고, 사족으로 예우를 받을 수 있기 때문이다.

다산은 중국의 생원은 조선의 양반과 같다고 한다. 물론 다른 점도 있다. 중국의 생원은 과거에 합격해야만 생원이란 이름을 얻게 되지만, 조선의 양반은 문과나 무과를 치르지 않고도 얻는 이름이며, 또 생원은 그나마 정원이 있지만 양반은 정원이 없다. 중국 생원의 경우, 생원이었던 사람이 죽으면 그만이고, 또 다른 집안에서도 생원이 나올 수 있다는 것이다. 하지만 조선의 양반은 한번 양반이 되면 대대손손 영원히 양반이다. 이러니 양반의 폐해는 생원의 폐해보다 훨씬 크다고 한다.

다산은 조선의 양반으로 인해 생기는 폐해를 걱정한다. 하지만 그는 생원이 줄어들기를 바란 고염무와는 달리 온 나라 사람들이 모두 양반이 되기를 바란다. 어디 그의 말을 직접 들어보자.

온 나라 사람들이 모두 양반이 된다면 결과적으로 양반이 없어지게 되는 것이다. 젊은이가 있어야 어른이 드러나게 되고, 천한 사람이 있어야 귀한 사람이 드러나는 법이다. 만약 모든 사람이 존귀하다면, 곧 존귀하게 여길 사람이 없게 되는 것이다.

어떤가? 양반을 그토록 귀하게 여겨 양반이 되기를 열망하니, 모두 양반을 만들어준다면 어찌 좋지 않으랴. 그 결과 양반이 없는 평등한 사회가 될 것이니, 그런 사회야말로 유사 이래 인간이 꿈꾸어왔던 이상 사회가 아니랴.

그런데 희한하게도 다산의 이 말에서 대한민국 교육의 고질을 치료할 아이디어가 번쩍 떠올랐다. 세종시에 이른바 일류대학이라는 서울의 모모 대학이 새 캠퍼스를 열 계획이라 한다. 어떤 사람들은 그것을 두고 비판도 하지만 달리 생각해보면 참 좋은 일인 것 같다. 다만 이왕에 서울을 벗어나 새 캠퍼스를 여는 김에 장소를 확 늘리면 더 좋지 않겠는가? ㅅ대학, ㄱ대학, ㅇ대학 등 자칭 타칭 명문이라 자부하는 서울의 모모 대학들은 부산·대구·광주·전주·청주·춘천 등 대한민국 방방곡곡에 골고루 캠퍼스를 여럿 열어야 마땅하다. 이런 대학에는 교육부에서 정원을 몇 만 명씩 불려주어야 할 것이다. 비용은 어떻게 하냐고? 복잡하고 시끄러운 서울에서 나라를 이끌어 갈 인재를 어떻게 키우겠는가. 학교의 상징이 될 만한 곳만 남기고 나머지 비싼 땅 팔아서 이전비로 쓰면 된다. 산수풍광 좋고 공기 맑은 곳에서 한국의 미래를 이끌어갈 인재가 자라날 터이니, 금상첨화란 이런 것을 두고 한 말일 게다.

이렇게 되면 대한민국의 학생들이 한 명도 빠지지 않고 이른바 일류대학으로 진학할 수 있을 것이니, 입시 경쟁은 자연히 사라질 것이다. 고등학교에서 굳이 밤 10시까지 '야자'를 할 필요가 없고, 학원에 가서 밤 12시를 넘어서까지 과외를 할 필요가 없다. 초·중·고등학교 교육이 절로 정상화될 것이다. 다산 선생께서 온 백성의 양반화란 기막힌 아이디어로 세상을 구제하고자 하신 것처럼, 나 역시 여기서 모든 대학의 일류화를 통해 수렁에 빠진 대한민국 교육을 건져내고자 하는데, 독자 여러분은 어떻게 생각하시는가? 덧보탤 고견이 있다면 보내주시기 바란다.

이름을 바꾸어
벼슬길에 오른 자

　　1745년 정언 홍중효洪重孝는 영조에게 현감을 지냈던 엄택주를 처
벌할 것을 요청한다. 홍중효의 말에 의하면 엄택주는 본명이 아니다.
그의 본래 이름은 이만강李萬江이었다. 아버지는 전의현全義縣 지인知
印이었고, 그 역시 지인을 지냈다고 한다. 지인은 지방관청의 인장을
관리하는 아전, 곧 향리다.

　　아전은 백성 입장에서는 양반을 대리하여 자신들을 착취하는 존
재로, 양반 입장에서는 외견상 명령을 따르지만 속으로는 자신들을
속이는 존재로 인식되었다. 어느 쪽이나 달가울 리 없는 존재였다.

지금도 향리, 아전이라 하면 부정적 인식이 남아 있는 까닭은 이 때문이다. 하지만 아전의 입장에서는 억울하기 짝이 없는 노릇이다. 백성을 쥐어짜는 것은 양반의 명을 따라 하는, 양반을 대리하는 행위일 뿐이다. 게다가 아전은 한번 아전이면 영원한 아전이다. 아무리 똑똑하다 한들, 양반이 하는 그 좋다는 벼슬길로는 나아갈 수 없었다.

엄택주는 지금으로 치면 중학교 1, 2학년의 나이인 열서너 살에 고향에서 달아난다. 아전으로서의 삶에서 벗어나기 위해서였다. 과연 성과 이름을 바꾸고 과거에 응시해 당당히 합격하고, 높은 벼슬은 아니지만 어쨌든 목민관을 지낸다. 자신에게는 영광이었지만, 그것은 이내 범죄가 되었다. 홍중효는 엄택주가 본래의 이름 이만강을 버리고 다른 이름을 사용한 일과 고향에 살고 있는 동생과 내왕을 끊고 부모의 무덤에도 한 번도 찾아가지 않았다는 것을 이유로 처벌을 요청했다. 홍중효의 말을 들은 영조는 어려서 다른 사람에게 양육되어 본래 성을 잃은 경우도 장성하면 관청에 요청하여 본래 성을 찾는 법인데, 이만강은 고의로 자기 성을 버린 경우라 하여 형조에서 세 차례 엄하게 형벌을 가한 뒤 흑산도에 귀양을 보내어 영원히 노비로 삼고, 과거 합격자 명단에서 이름을 삭제하라 명한다. 알다시피 조선시대는 가부장적 사회고, 가부장제는 성씨와 본관을 공유하는 친족 집단으로 구체화된다. 이런 사회에서 성을 바꾼 행위는 인간의 윤리를 저버린 범죄에 해당했다.

사건은 이로써 끝나지 않았다. 이만강은 이듬해 흑산도를 탈출하여 서울을 드나들다 다시 잡혀갔고, 10년 뒤인 1755년에는 나주괘서 사건을 일으킨 윤지尹志의 역모 사건에 연루되어 문초를 받다 고문으로 사망한다. 죄인 이만강의 속내는 이 문초 기록에 겨우 한마디 남는다. "신은 문예의 재주가 조금 있었지만, 큰 죄에 빠져 세상에 용납되지 못하고 먼바다의 섬으로 귀양을 갔기 때문에 원한이 가슴속에 가득했습니다." 아전인 주제에 '문예의 재주'를 가진 것이 비극의 씨앗이었다. 조선사회는 신분제 사회다. 아전은 아무리 탁월한 재능을 갖고 태어나더라도 그 재능을 꽃피울 수 없다. 이만강이 성씨를 바꾸고, 동생을 만나지 않고, 부모의 무덤을 찾지 않은 것은 그 불평등한 사회에 대한 항변이었던 셈이다. 하지만 그것은 죄가 될 뿐이었다. 그 누구도 죄를 저지르게 한 불평등한 사회에 대해서는 말하지 않았다.

〈슈퍼스타K〉에서 무명의 젊은이가 스타가 되는 것을 보고 엉뚱하게도 이만강이 떠올랐다. 물론 그 젊은이는 만인의 찬사를 받아 스타가 되었으니, 이름을 바꾸어 벼슬길에 올랐던 이만강과는 결코 같지 않다. 하지만 〈슈퍼스타K〉의 스타 탄생이 실로 드문 예외적 기회에서 이루어졌다는 점에 주목해볼 필요가 있다. 예외적 기회에서의 스타 탄생은 계층 간 이동성이 극히 낮은 대한민국 사회를 배경으로 삼기에 유의미한 것이다. 대중들이 열광하는 까닭도 바로 그 때문이리라. 이 점에서 현재 한국사회는 신분제로 사회적 이동 가능성을 봉쇄

하던 조선사회와 별반 다를 것도 없다. 스타가 된 젊은이를 축하하면서 한편으로 이 시대의 수많은 이만강을 생각해본다. 이만강이 없는 세상은 언제 올 것인가.

이 외로운 사람들아

강명관 잡문집

지은이　　　강명관
　■
2015년 9월 1일 초판 1쇄 발행
　■
책임편집　　홍보람
기획·편집　　선완규·안혜련·홍보람·秀
기획·디자인 아틀리에
　■
펴낸이　　　선완규
펴낸곳　　　천년의상상
등록　　　　2012년 2월 14일 제300-2012-27호
주소　　　　(03983) 서울시 마포구 동교로 45길 26 101호
전화　　　　(02) 739-9377
팩스　　　　(02) 739-9379
이메일　　　imagine1000@naver.com
블로그　　　blog.naver.com/imagine1000
　■
ⓒ 강명관, 2015
본문 사진 ⓒ 정우혁
　■
ISBN　　　979-11-85811-09-3 03810
　■
이 도서의 국립중앙도서관 출판예정도서목록(CIP)은 서지정보유통지원시스템 홈페이지(http://seoji.nl.go.kr)와
국가자료공동목록시스템(http://www.nl.go.kr/kolisnet)에서 이용하실 수 있습니다.
(CIP제어번호: CIP2015021099)
　■